KB237669

복수할 때가 왔다

복수할 때가 왔다

소심한 10대에게 던지는 달콤한 복수의 유혹

아사노 아츠코 지음 ● 박지현 옮김

살림Friends

등장인물 소개

후카사와 유우야

중학교 2학년생. 다섯 살 때 교통사고로 어머니를 잃고 아버지와 맏이인 하루카 누나와 둘째인 마코 누나 그리고 여동생 사키와 함께 살고 있다. 학교에서는 꽤 조용한 편으로, 잘하는 것도 없지만 못하는 것도 없는 평범한 아이에 속한다. 책 읽는 것을 좋아하고, 동물이 불쌍하여 사육당번을 하기도 하는 등 마음이 여리고 소심한 한 소년이다.

마노 쇼지

유우야와 동급생. 중학교 1학년 때 유우야를 처음으로 만났다. 책을 좋아한다. 소심하고 조용한 성격으로 친구가 없다가 유우야를 만나서 마음을 터놓고 지내고 있다.

야마다 카즈오

유우야, 쇼지와 같이 도서위원으로 일하고 있다. 3학년 선배로 어딘지 알 수 없는 신비한 분위기를 가지고 있다. 훌쩍 큰 키에, 머리는 귀를 덮고 어깨까지 올 만큼 길다. 콧대가 길어서 안경이 무척 잘 어울린다. 언제나 말없이 도서관 한구석에서 책을 읽고 있다.

쿠리타니 코우키

마노 쇼지, 후카사와 유우야와는 초등학교 동창생이다. 체격도, 운동신경도 반에서 두드러질 정도로 우수하다. 성적은 중상위 정도로, 시원시원하게 말을 잘하고, 농담도 잘한다. 선생님들이나 친구들에게 사랑 받는 일명 '엄친아'이다.

차례

복수플래너

【복수(復讐)】: 앙갚음. 원수를 갚음. 적을 무찌름.

【플래너(planner)】: 앞으로 할 일의 절차, 방법, 규모 따위를 미리 계획해 주는 사람. 기획자.

사용 예) 복수 플래너

【왕따】: 두 사람 이상이 집단을 이루어 특정인에게 심리적·물리적인 공격을 행하여 정신적인 고통을 느끼게 하는 것을 말함.

해질녘의 풍경

　　행복이란 황금 사슴과 같아서 좀처럼 마주칠 수 없지만, 불행은 까마귀 떼와 같아서 어디서나 만날 수 있다.

　　그런 말이 없었던가?

　　있었던 것 같은데…….

　　누가 그런 말을 했더라…….

　　황금 사슴과 까마귀 떼.

　　후카사와 유우야가 하늘을 올려다보자, 바로 위를 까마귀 떼가 가로질러 갔다. 정말 끝내주는 타이밍이군.

　　펜스의 철망에 손가락을 끼고 팔을 높이 뻗어 몸을 뒤로 젖히고 그 상태로 다시 한 번 하늘을 본다.

석양이다.

진한 붉은색 60퍼센트, 오렌지색 10퍼센트, 군청색 10퍼센트, 검정색 20퍼센트의 비율로 칠해진 하늘. 하지만 유우야의 머리 위쪽 하늘만 그렇게 물들어 있었고 동쪽 하늘은 이미 보라색 부분도 옅어져 어두운 밤하늘로 변하려고 하는 찰나였다. 반면 서쪽 산기슭은 아직도 점심때처럼 푸른색이 남아 있었다.

유우야가 서 있는 바로 위의 하늘은 아름답다고 해야 할지, 기분 나쁠 정도로 화려하다고 해야 할지, 아무튼 뭔가 이상하게 기분 나쁜 석양이었다. 그 하늘을 까마귀들이 새까만 날개를 펼치고 소란스럽게 울어 대면서 가로질러 날아간다.

봄과 여름의 기색이 조금씩 느껴지는 저녁 하늘에는 마른 풀냄새가 섞여 있었다.

하교 시간은 이미 한참 지나 있었다. 앞으로 30분만 더 지나면 다음 주부터 시작되는 시내 대회를 목표로 평소보다 한 시간씩 더 연습하는 운동부 학생들도 돌아갈 시간이다. 해가 정말 길어졌다. 하루하루 해가 길어지는 걸 실감할 수 있었다. 그래도 항상 해는 지고, 달은 뜨고, 밤이 온다.

뒷목이 뻐근해지고 철망이 손가락을 파고들어 통증이 느껴지기 시작하고서야 몸을 일으킨 후 유우야는 크게 한숨을 내쉬었다.

“유우, 학교에서 무슨 일이 있었니?”

어제 저녁 식사 때, 큰누나 하루카가 물었다.

“응?”

“밥 먹기 시작하고 15분 지났는데 벌써 세 번째야.”

“세 번째라니, 뭐가?”

“한숨.”

저녁 식사 반찬은 새우튀김으로, 꽤나 좋아하는 반찬이었다. 튀김옷이 목에 걸린 척하면서 헛기침을 몇 번 했다. 컵의 물을 단숨에 마신 다음 “역시 마코 누나가 만든 새우튀김이 최고라니까…….” 하고 웃어 보였지만, 하루카는 눈도 깜짝하지 않고 물었다.

“한숨 쉬는 이유가 뭐니?”

“벼, 별로 한숨 쉬지 않았어. 좀 심호흡을 크게 한 것뿐이야.”

“흐~응, 과연 그럴까? 그건 누가 봐도 한숨이었는데. 그것도 세 번이나 말야.”

“아니라니까. 하루카 누나, 누나가 어디 아픈 거 아냐?”

“간장.”

“뭐?”

"너, 지금 새우튀김에 간장을 끼얹고 있잖니. 평소에는 마코가 만든 특제 타르타르 소스만 찍어 먹으면서."

"응? 앗, 아차!"

무심코 소리를 지르고 말았다. 잘게 썰린 양배추, 포테이토 샐러드, 방울토마토, 그리고 커다란 새우튀김이 간장에 잠기고 있었다.

최악이군.

"진작 좀 말해 주지 그랬어! 모처럼만에 먹는 새우튀김인데……."

"유우야!"

하루카 누나는 눈을 가늘게 뜨고 한층 더 낮은 목소리로 말했다.

"왜, 왜 그래……."

유우야는 있는 힘껏 가슴을 펴고, 한껏 기분 나쁜 표시를 내려고 했다. 하지만 누나의 눈빛 앞에서 왠지 맥이 빠지는 것을 어쩔 수가 없었다.

누나 하루카는 올 봄부터 시립 병원에서 인턴 생활을 시작했

다. 어머니 하루코가 음주운전 차에 치었을 때 이송된 병원이었고, 아버지 타케야의 직장이기도 했다.

어머니는 이송된 지 3일 만에 의식을 찾지 못한 채로 중환자실에서 숨을 거뒀다. 8년 전의 일이었다. 유우야는 그때 겨우 다섯 살이었고, 하루카는 열일곱, 둘째 누나인 마코는 열다섯, 여동생 사키는 세 살도 안 되었을 때였다.

중학교 졸업을 앞두고 있었던 마코는 어쩔 수 없다 쳐도, 맏이인 하루카는 어머니를 잃기엔 아직 너무나 어렸던 남동생과 여동생을 돌볼 책임을 군소리 없이 떠맡아 책임을 다했다. 그뿐 아니라, 열렬한 연애 끝에 얻은 아내를 한순간에 잃어버려 망연자실한 상태에 빠져 있던 아버지를 위로하면서 지탱해 주고, 때로는 질책을 아끼지 않는 일도 하루카의 일이었다.

하루카는 원래 가고 싶어 했던 도쿄에 있는 대학에 가는 것을 포기하고 집 근처 대학의 의학과로 진학했다. 대학에 다니면서 마코와 함께 집안의 모든 일을 처리하기 위해서였다. 남동생과 여동생의 어머니를 대신하면서 유급 없이 대학을 졸업하고 국가고시도 단번에 합격을 따냈다.

신장 172센티미터, 긴 다리, 가는 허리, 호리호리한 몸매. 완벽한 모델 체형이다. '완벽' 이 붙는 미인은 아니었지만, 어머니에게 물려받은 단정한 이목구비를 가지고 있었다.

"슈퍼우먼이지, 그렇지?" 하고, 놋치는 진심으로 감동한 듯이 말하곤 했다. 놋치란 노에 에이고의 애칭이다. 중학교 때부터 하루카 누나와 사귀고 있다. 하루카보다 한 살 더 많았지만 아직 학생이었다. 삼수해서 들어간 미대를 아직 졸업하지 못한 것이다.

"놋치, 애인이 슈퍼우먼이라도 좋아?"

무심코 묻고 말았다. 지난 주 금요일이었다.

정말은 그렇게 물으려고 한 게 아니었다. 누나가 슈퍼우먼이든 아니든 상관없다. 아니, 하루카를 슈퍼우먼이라니, 유우야 자신도 그렇게 생각하지 않고 있었다. 하루카는 조금 잔소리가 심하긴 하지만, 자기 재능이나 학력을 뽐내는 사람은 아니었고, 천성은 착한 사람이었다. 하지만 어떤 일에서는 둔하고 요령이 없는 사람이었다. 장점도 단점도 많이 가지고 있다. 그건 잘 알고 있었다. 슈퍼우먼은 아니었다. 그러니까 그때 유우야의 마음 속에 뭔가 심술궂은 마음이 숨어 있던 것일지도 모른다. 곰곰이 생각해 보면, 우수한 애인을 가진 남자에게 누구나 악의를 가지고 던지는 질문을 심술궂게 한 것이다. 놋치의 태평스런 표정을 보고 있자니 왠지 초조해져서, 심술궂은 질문을 하고 만 것이다…….

정말 난 꼴사나운 놈이구나.

스스로가 싫어진다. 자기혐오.

편의점 아르바이트를 하면서 생활비를 벌고 있는 놋치는 식비 절감과 영양 보충, 그리고 가족의 따뜻한 분위기가 그리워서(놋치의 부모님은 놋치가 고등학교를 졸업하는 것을 기다리기라도 한 듯이 졸업식 다음 주에 이혼했다. 그리고 어떻게 된 일인지 둘 다 각각 애인을 만들어, 아들을 남기고 집을 나가 버렸다고 한다. 그때 어떤 일이 있었는지 유우야는 잘 몰랐다. 어쨌든 지금 놋치는 지은 지 15년 된 이층집에서 혼자 살고 있다), 일주일에 최소 이틀은 후카사와 가(家)에 밥을 얻어먹으러 온다. 하루카가 없어도(그럴 때가 많다) 전혀 아랑곳하지 않고 너무 많이 만든 음식이든, 먹다 남은 음식이든, 식은 음식이든 뜨거운 음식이든 가리지 않고 "맛있어, 맛있어."를 연발하면서 그릇을 깨끗이 비우곤 했다.

전부 빈말이나 인사치레로 하는 말은 아닐 것이다.(물론 진심이라는 게 아주 손톱만큼 섞여 있을지도 모르지마는) 둘째 누나 마코의 요리는 뛰어나게 맛있다. 언젠가 하루카가 말하길, "마코의 요리 솜씨는 선천적으로 타고난 거야."라고 할 정도였다. 유우야도 그렇게 생각했다. 특별한 요리가 아닌, 튀김이라든지, 두부와 무를 넣은 된장국이나, 고등어 조림 등등이 정말 깜짝 놀랄 정도로 맛있다. 물론 새우튀김도 마찬가지다.

지난주 금요일, 마코표 특제 우동을 홀짝거리면서 아무 생각

없이 물었다. 아니, 그렇다기보다 아무 생각 없이 물어보는 것처럼, 별로 대답을 듣지 않아도 될 만하게 느껴지게끔 물어보았다.

아무렇지도 않게, 정말이지 밉살스러운 질문을 했다.

"놋치, 애인이 슈퍼우먼이라도 좋아?"

"응? 무슨 뜻이야?"

놋치가 묻자 말문이 막혔다.

"저기…… 뭐, 그냥 너무 대단하니까…… 싫지 않아?"

"우~우, 웃."

매콤하면서도 달콤하게 양념된 버섯을 입 안에 밀어 넣으면서 놋치는 고개를 비틀면서 짧게 신음했다.

"유우, 꽤나 아픈 데를 찌르는데 그래."

"아파?"

역시라고 말하려다 그냥 삼켰다. 목 안쪽이 꿀꺽 했다. 우동 국물이 갑자기 쓰게 느껴졌다.

아, 정말 싫다, 나란 사람은. 정말 싫다. 심술쟁이에다 쩨쩨하고.

놋치, 미안. 우동아, 미안.

"아프지 그럼. 내가 하루카보다 나은 건 키밖에 없으니까. 그것도 딱 1.5센티미터."

"키가 큰 게 별로 잘난 건 아니잖아."

유우야는 땅꼬마는 아니었지만 큰 키도 아니었다. 딱 중간 키였다.

눗치는 씨익 웃고는 우동 국물을 후루룩 마셨다. 고등학교를 졸업하면서부터 기른 턱수염이 국물로 더러워졌지만 신경 쓰지 않는다. 눗치는 뭐든지 웃으면서 넘겨 버린다.

학점이 모자라서 두 번째 유급이 결정되었을 때도, 잔뜩 취해서 길바닥에 넘어져 팔이 골절되었을 때도, 그 상처로 과제를 못해서 교수한테 엄청나게 혼났을 때도, 그냥 웃어넘겨 버렸다.

아버지와 어머니가 앞을 다투어 집을 나가 버렸을 때도 그냥 웃으면서 넘겼을까.

우동 국물을 다 마시고, 눗치가 만족스럽게 한숨을 쉬었다.

"응~ 하지만 뭐, 정신없이 빠져 있으니간 뭐."

"하루 누나한테?"

"아니, 하루카가 나한테. 앗, 물론 나도 빠져 있지만 말이야."

무심코 눗치의 얼굴을 빤히 처다보았다. 심술궂은 마음이나 자기혐오, 우울한 마음, 가슴에 맺혀 있던 무거운 것이 이때만큼은 생각나지 않았다.

"눗치는 말이야…… 차일 거라고 생각해 본 적이 없는 거야?"

"아야, 아야야야야. 오늘은 정말 왜 이렇게 아픈 데만 찌르는 거야? 유우야.”

찌르는 게 아니라 정말로 궁금해졌다.

“그런 적 없어?”

유우야는 평소와 달리 놋치에게 다가가 물었다.

“없어.”

놋치가 정말 드물게도 딱 잘라 말했다.

“헤에~ 자신이 넘치네.”

“당연하지. 우리가 헤어질 거였으면 이 세상 연인들은 모~두 진작에 헤어졌게?”

놋치는 크게 양팔을 벌리고 손가락을 움직였다. 아무런 의미 없는 동작이었겠지만, 유우야는 붓을 쥐기에는 너무 투박해 보이는 손가락이 움직이는 것을 쳐다보고 있었다. 생긴 것과 다르게 손가락이 우아하게도 움직인다고 생각하는 중이었다.

천하태평.

이 단어가 불쑥 떠올랐다.

태평한 걸까, 생각이 없는 걸까. 아니면 어느 쪽이라도 상관없는 걸지도 모른다.

태평한 놋치.

하루 누나가 때때로 멍하니 생각에 잠겨 있는 걸 모르는 걸까. 아니면 알고 있는데도 모르는 척하는 걸까.

"마코~ , 부탁이니까 한 그릇만 더 주라."

"줄 수는 있는데 닭고기는 이제 없어. 나물도 없고."

"괜찮아, 괜찮아. 이 국물이 맛있다니까. 그냥 우동 면발만이라도 좋아. 아니면 유부만이라도. 정말 맛있어. 앞으로 열 그릇은 먹을 수 있을 것 같다니까."

마코가 기분 좋게 웃는 소리가 들려왔다. 집 안 전체에 울려 퍼졌다.

아, 부럽다.

무심코 입 밖에 낼 뻔했다.

놋치가 부러워.

놋치의 천하태평한 성격이 너무 부럽다.

밝은 성격이 부럽다.

둔감한 것도 부럽다.

눈치 없는 것도 부럽다.

웃을 수 있다는 게 너무나 부럽다.

놋치의 강함이 부럽다.

어떻게 하면 놋치같이 될 수 있을까.

정말로 절실히 그런 생각이 들었다.

금요일 저녁, 약간 춥다고 느껴질 정도로 싸늘한 바람이 불어오고 있었다.

그리고 어제인 일요일 저녁, 유우야는 쓸데없이 한숨을 쉬며 멍하니 있다가, 좋아하는 새우튀김에 간장을 쏟아 붓고는(그것도 간장에 푹 잠길 정도로), 누나에게 뭔가 눈치 채이고 만 것이다(그날 저녁, 이상하게 날씨가 따뜻해서 기분이 나빴다).

"유우야!"

하루카가 몸을 앞으로 내밀고 말했다.

"응."

무심코 대답하고 말았다.

"솔직히 말해."

"뭘?"

"왜 한숨을 쉬는지 말이야. 학교에서 무슨 일이 있었지?"

'무슨 일이 있었어?' 가 아니라 '있었지?' 라고 꽤나 단정적으로 말하는 누나의 말에 나는 그만 말문이 막혀 버렸다. 고개를 숙이고, 간장 맛이 나는 새우튀김을 한 입 물었다. 의외로 맛있어서 깜짝 놀랐다.

마코 누나, 이거 의외로 괜찮은데?

"유우 오빠, 설마 왕따?"

옆에서 소곤거리는 소리가 들렸다.

사키였다. 올해로 열한 살, 초등학교 5학년이 된다. 큰 누나의 피를 이어받아 그런지 키가 무척이나 컸다. 이제 유우야와 1.5 센티미터 정도밖에 차이가 나지 않았다. 나보다 더 커지면 어떻게 하나 내심 신경이 쓰이고 있었다. 누나라면 몰라도 여동생이 날 내려다보다니, 정말 꼴사납잖아. 정말 그것만은 온 힘을 다해 저지하고 싶었다.

"왕따?"

하루카의 눈이 반짝했다.

"뭐? 사, 사키. 무슨 말을 하는 거야? 바보!"

여동생의 머리를 때리는 시늉을 하면서 말했다. 사키는 목을 움츠리고 오빠를 쳐다보았다.

"신이치도 자주 한숨을 쉬곤 했어."

"신이치?"

"4학년 때 같은 반이었어. 테츠나 나카사토한테 왕따를 당하고 있었는데, 신이치, 자주 한숨을 쉬곤 했어. 하아~ 하고 몸 안 깊은 곳에서 토해 내는 것 같은 한숨."

과거형인 것이 신경 쓰였다.

신경 쓰면 안 된다고 말하는 소리가 들렸다. 내 속에서 들려오는 소리다. 여동생의 같은 반 친구, 얼굴도 모르는 신이치보다 눈앞에서 간장에 잠겨 있는 새우튀김 쪽이 열 배는 더 소중

하다는 태도로 대답하지 않으면 안 된다.

하지만…… 아~ 신경 쓰여.

"그…… 신이치라는 애, 어떻게 됐어?"

목소리가 목에 걸려 이상하게 갈라졌다.

누나와 여동생의 시선이 갑자기 나에게 집중되는 것이 느껴졌다.

"머리카락이 빠졌어."

사키가 짧게 말했다. 그리고 오른손 엄지와 검지로 원을 만들어 보였다.

"이 정도 크기가 대머리가 돼서…… 귀 위쪽 머리칼이 한 움큼이나 빠졌어……. 국어 시간에…… 그룹을 짜서 수업할 때였는데, 한자의 생성 기원이나 의미를 그룹별로 발표하게 돼 있었어. 신이치가 갑자기 '앗' 하고 소리를 질러서 쳐다보니까, 깜짝 놀란 얼굴로 자기 손을 보고 있는 거야. 그런데 그 손에 머리카락이 잔뜩 있어서…… 뭐랄까, 신이치 그때 정말 혼이 나간 얼굴로……."

"멍해졌겠지……."

하루카의 말에 사키는 조금 고개를 갸웃거리면서 입을 다물었다. '멍해지다' 라는 말이 자기가 받은 느낌과는 약간 틀려서 그런 것일 거다. 사키에게 있어서 신이치의 상황은 '멍해지다'

가 아니라 '영혼이 텅 비어 버린 느낌' 이었던 것이다. '멍해지다' 라는 말로는 그 느낌을 설명할 수 없었다. 그러니까 고개를 갸우뚱거리면서 입을 다문 것이다.

사키는 그런 구석이 있었다.

누구나 아무렇지도 않게 쓰는 말들에 괜히 얽매이는 구석이 있다. 자기가 어떻게 느꼈는지 상대에게 자세히 전달하려고 했다. '좋은 날씨네' 는 '오늘 하늘은 내가 제일 좋아하는 색깔이라서 기분 좋아' 가 되고, '쓸쓸하네' 는 '가슴 언저리가 싸늘해져서, 뭔가 따뜻한 걸 옆에 두고 싶어' 가 되고, '화가 나, 열 받아' 는 '머리카락 뿌리 부분이 지끈지끈 아파 오고, 딱딱한 뿔이 솟아오르는 느낌이야' 가 된다. 그런 말〔후카사와 가는 그것을 '사키 어(語)' 라고 부른다〕들을 나이나 성별에 전혀 어울리지 않는 허스키한 목소리로 툭툭 말하니까 알아듣기도 어렵고, 왠지 신경 쓰이고, 때로는 이해하지 못하기도 한다.

이목구비도 나이에 안 맞게 어른처럼 단정하게 생겨서, 조금 건방지게 느껴질 정도였다. 입술을 꾹 다물고 입술 양 끝을 내리는 버릇이 있는 데다가 잘 웃지도 않았다. 어떻게 보아도 애교 있고 붙임성 있는 여동생은 아니었다.

"사키에게 친구가 생길까?"

사키가 초등학교에 입학할 때, 하루카는 진심으로 걱정했다.

"'조금 이상한 아이' 라는 딱지가 붙어 버리면 큰일인데⋯⋯."
하고 완전히 어머니가 된 심정으로 걱정했었다. 누나만큼 걱정
한 것은 아니었지만 유우야도 내심 걱정이 되었다. 사키는 유우
야가 봐도 '조금 이상한 아이' 였던 것이다.

그렇지만 그것은 괜한 걱정이었다. 사키는 특별히 '조금 이상
한 아이' 라는 딱지가 붙지도 않았고, 설사 붙었다고 해도 표면
적으로는 전혀 피해를 입는 것 같지도 않았고(본인이 담담했기 때
문일지도 모른다), 많지는 않았지만 무척 마음이 맞는 친한 친구
를 몇 명인가 만들어 나름대로 학교생활을 즐기고 있었다(적어
도 그래 보였다). 유우야에게는 믿을 수 없는 일이었지만 남자 아
이들에게도 꽤나 인기가 있는 모양이었다. 정말이지 믿기 힘든
사실이 아닐 수 없다.

인생이라는 건 정말 불가사의한 것이다. 불가사의라고 말해
도 이상하지 않겠지.

사키같이 가족 중 누가 보아도 이상한 소녀가 학교라는 공간
에 자연스럽게 스며들 수 있는 반면, 유우야처럼 극히 평범하고
일반적이고 모든 것이 보통인, 학력도 용모도 운동능력도 다른

사람과 비교해서 뛰어나게 잘하지도 못하지도 않고, 사랑받지도 미움받지도 않고, 눈에 띄는 점도 없는 사람이, 즉 강렬한 인상은 못 주지만 남들에게 불쾌감을 주지도 않는 사람이 오히려 미움 받는 것이다.

정말 불가사의하고 불합리한, 상식으로는 이해할 수 없는 일이 아닐 수 없다.

"그날 조퇴한 이후로 신이치는 학교에 오질 않아."

사키로서는 드물게, 짧게 잘라 말했다. 그러고 나서 오빠 쪽을 쳐다보았다.

"신이치도 머리카락이 빠지기 전에…… 계속 한숨을 쉬었어."

무심코 머리에 손이 갔다. 남자치고는 약간 가느다란 머리카락의 감촉이 손에 느껴졌다. 조금 잡아당겨 보았다. 머리카락은 두피에 확실히 달라붙어 한 가닥도 빠지지 않았다.

하루카의 눈이 가늘어졌다.

"유우야, 설마 그런 거니?"

"에?"

"너, 왕따 당하고 있는 거야?"

하루카 누나…… 그렇게 단도직입적으로…… 왕따를 당하고 있냐고 물어봐도 "예, 그렇습니다." 하고 대답할 중학생이 어디 있냐고.

"……그럴 리가 없잖아. 있을 수 없는 일인걸."

일부러 밝은 목소리로 대답해 보았다. 하루카는 넘어가지 않았다.

"자~ 그럼, 왜 한숨 따윌 쉬는 건데?"

"그, 그건…… 별로 특별한 의미는 없어."

"의미 없이 세 번이나? 새우튀김에 간장을 끼얹고?"

"시끄러워!"

유우야는 큰 소리를 내면서 양손으로 테이블을 힘껏 내리쳤다. 컵이 바닥에 떨어져 구르는 소리가 났다.

"하루 누나는 쓸데없이 너무 잔소리가 심하다고. 이제 그만 좀 내버려 둬! 내가 먹을 새우튀김에 내가 뭘 끼얹든 상관하지 마. 한숨 쉬는 게 뭐가 어때서 그래! 왜 그렇게 하나하나 다 알아야만 하는 거야? 정말 성가시다고!"

사키는 떨어진 컵을 줍고 차분하게 타르타르 소스가 듬뿍 얹힌 새우튀김을 젓가락으로 집어 올렸다.

"호~응."

하루카는 팔짱을 끼고 등을 똑바로 폈다.

“점점 의심스러운걸, 유우.”

“에?”

“너, 뭔가 숨기고 있는 일이 있을 땐 신경질적이 되잖아? 아니, 신경질적이라기보단 화를 내서 얼버무리려고 하지.”

“우⋯⋯.”

“옛날부터 그랬잖아.”

“크윽⋯⋯.”

“넌 정말 알기 쉽다니까. 뭐 그게 네 좋은 점이기도 하지만 말이야. 응응. 유우야의 그런 점이 난 좋아.”

“뭐⋯⋯.”

하루카 누나는 천하무적이다. 뭐든지 꿰뚫어 보고 만다. 정말 초능력 수준이다. 놋치는 하루카 누나에게 뭔가 숨길 수 있을까? 아니면 초인 하루카 누나도 연인의 거짓말은 꿰뚫어 볼 수 없는 걸까? 다음에 놋치가 오면 물어봐야지.

“자, 많이 기다렸지? 해물 샐러드랑 버섯 리조또야.”

접시를 든 마코 누나가 부엌에서 나왔다. 웃는 얼굴이었다. 마코는 언제나 얼굴에 미소를 띠고 있었다. 통통한 볼과 눈초리가 약간 처진 둥근 얼굴이라 굳이 웃지 않아도 웃는 것 같은 얼굴이었지만, 대부분 정말로 웃고 있는 얼굴이었다.

고등학교를 졸업하고 단과대학으로 진학, 전문학교에 들어가 조리사와 영양사 자격을 따냈다. 지금은 전문학교의 임시 강사로 활동 중이다.

둘째 누나의 이미지는 '밝음' 그 자체이다. 언제나 부엌에 있으면서 웃는 얼굴로 지낸다. 언제나 쾌활하게 따뜻하고 맛있는 요리를 만들어 낸다. '신은 어려서 어머니를 잃은 불행을 잊게 하려는 듯이 유우야와 사키에게 전혀 다른 타입의 누나 두 명을 절묘하게 보낸 건가……' 라고 생각할 때가 종종 있었다.

"화를 내거나 설교하거나 얼버무리는 건 나중에 하고, 일단 먹어요. 디저트로는 호박 푸딩을 만들어 봤어."

"호박 푸딩!"

하루카와 사키의 입이 기쁨으로 벌어졌다. 두 사람 다 호박을 무척 좋아해서, 호박 튀김이나 푸딩에는 사족을 못 썼다. 유우야는 그 정도까지 호박을 좋아하지는 않았다. 싫어하지는 않았지만, 반찬도 되고 디저트로도 변신하는 호박의 정체를 알 수가 없어서 그렇게까지 먹고 싶다는 생각은 들지 않았다.

"그래, 호박 푸딩! 다들 먹자고."

하루카가 헛기침을 했다.

"마코, 지금 중요한 이야기를 하는 중이었는데."

"밥 먹는 중이기도 하잖아. 이쪽이 더 중요한걸? 얘기는 안 해도 안 죽지만, 안 먹으면 죽는걸. 유우, 새우튀김 더 줄까?"

"괜찮아, 누나. 이래 뵈도 꽤 맛있다고."

"그래? 튀긴 거라도 간을 한 거라서 의외로 아무 소스에나 다 어울리지? 샐러드하고 리조또는 더 필요 없니?"

"더 줘. 샐러드는 듬뿍!"

"호박 푸딩도?"

"먹을 거야."

"하나만?"

"응. 아, 아니, 역시 두 개 줘. 그렇게 크지 않잖아."

마코가 하루카를 향해 크게 고개를 끄덕이면서 미소를 지었다.

"걱정하지 않아도 되지 않겠어? 하루 언니."

"응?"

"유우 말야. 이렇게 먹는 걸 보니 걱정 안 해도 되겠어."

"그럴까?"

"그렇다니까."

"게다가 말이야~." 하고 사키가 끼어들었다.

"유우 오빠도 말하고 싶지 않은 게 있을 수도 있잖아. 하루 언니처럼 무리하게 들으려고 해도 유우는 아무 말도 안 할 거라고 생각해."

정말 조금만 더 있으면 해물 샐러드가 목에 걸려 질식할 참이었다.

왠지 이 집에서 제일 어린 건 나인 것 같았다. 그리고 그 다음은 아빠가 아닐까.

아빠 테츠야는 엄마가 돌아가시고 나서 술을 자주 마시기 시작했다. 아빠는 고등학생 때 처음 마신 소주에 취해, 죽기 직전까지 고생한 적이 있었으므로 이후부터는 알코올을 멀리했었다. 그러나 엄마의 장례식 후 쓸쓸함을 못 이겨 손댄 소주에 빠져, 집에서나 밖에서나 자주 마시게 되었다. 주량은 점점 늘어나……지도 않아서, 서너 잔이 한계로 요즘에는 조금씩 줄어들고 있다. 매일 마시는 정도도 아니었고, 앞뒤를 모를 정도로 취하는 일도 없었다. 그러니 알코올에 의존하고 있는 것은 아니었다. 그러니까 아직 아무도 아빠의 음주를 말리지 않았던 것이다. 단지, 평소에는 시원시원하고 밝은 성격의 아빠가 취하면 주위 사람을 붙들고 푸념을 한다는 것이 문제다. 게다가 화제는 언제나 돌아가신 엄마.

"왜 살리지 못했을까. 하루코는 내가 자기를 살려줄 거라고 믿고 있었을 텐데……."

소주 두 잔째. 이미 테츠야의 눈에는 눈물이 글썽거린다. 푸

넘을 하다가 울기까지 하는 것이다.

"나, 대체 왜 의사가 된 걸까. 마누라도 구하지 못하고……
우웃…… 웃……."

"어쩔 수 없잖아요."

하루카가 어깨를 움츠리고 '난처하다'를 얼굴로 표현하면 이
렇다는 것을 보여 주듯이 난처한 표정으로 말했다.

"아버지는 이비인후과 전공이니까. 교통사고를 당한 환자를
수술 못하는 건 당연하죠."

"흑흑, 난 왜 이비인후과 따위를 고른 거지. 내가 이비인후과
의사가 아니었다면…… 하루코는…… 하루코는 죽지 않았을
지도……."

"그럴 리 없잖아요." 하는 하루카.

"정말 비논리적이야." 하는 유우야.

"울지 마요. 콧물이 나와서 꼴사납잖아." 하는 사키.

"소주만 마시지 말고, 야채 조림도 좀 드셔 보세요." 하는
마코.

네 명의 자식들 앞에서 취한 테츠야는 계속 울었다. 조금 볼
품 없어 보였다. 자기를 포함해서 아빠도 놋치도, 후카사와 가
와 관련된 남자는 모두 이런 꼴이다. 그에 비해 여자들은 모두
야무진 사람들뿐이다.

아까와는 다른 의미로 한숨을 내쉬고 싶은 심정이었다.

'탕' 하는 소리가 들렸다.

하루카가 의자를 고쳐 앉은 것이다. 샐러드 그릇에 포크를 찔러 넣었다.

"알았어. 마코랑 사키가 그렇게까지 말한다면 아무것도 묻지 않겠어. 하지만 유우!"

"응."

아아, 또 이렇게 금방 솔직하게 대답해 버리는 나.

난 왜 이럴까.

"해야 할 땐 꼭 이야기를 하도록 해."

"아…… 응."

"고민은 혼자서 끌어안고 있으면 점점 커지니까. 거기에 너무 신경 쓰면 될 일도 안 돼. 알았지?"

마지막의 '알았지?' 는 왠지 부드럽게 느껴졌다. 위로해 주는 마음과 따뜻한 마음이 절묘하게 배합된 말. 왠지 마음이 흔들렸다.

"하지만, 혼자서…… 해야만 하는 때도 있어."

사키가 중얼거리는 소리가 들렸다.

하루카가 눈을 깜박였다.

"사키. 너 왠지 오늘은 다른데? 설마, 너도……."

"아무것도 아니야. 친구들과도 선생님과도, 쿠우탕하고도 잘 돼가고 있어."

"쿠우탕?"

"학교에서 기르는 토끼 이름이야. 사람을 무는 습관이 있지만 절대 나를 물지는 않아. 그러니까 내가 계속 쿠우탕을 담당하고 있어……."

"사육 당번, 싫어?"

사키의 표정을 살폈다.

유우야도 초등학교 3학년 때 사육 당번이었다. 토끼가 아니라 닭이었지만 말이다. 보통 닭이 아니라 싸움닭이 아닐까 싶을 정도로 난폭한 수탉으로, 곁에 오는 사람이 누구든 간에 박치기를 하거나 할퀴곤 했다. 그래서 아무도 돌보려고 하지를 않아서, 결국 유우야는 1년 내내 사육 당번을 맡아야만 했다.

그다지 닭을 좋아하지도 사육에 흥미가 있는 것도 아니었다. 하지만 담임선생님은 조류를 무척이나 싫어하는 사람이어서 사육 당번이 없다면 닭을 그대로 방치할 수도 있는 사람이었다. 아무리 난폭한 닭이라도 먹이도 못 먹고 물도 못 먹는다면 너무 불쌍했다……. 그런 생각이 들어서 움찔거리며 손을 들 수밖에 없었다.

사키도 그런 게 아닐까. 여러 가지 사정 때문에 사육 당번을 할 수밖에 없었던 게 아닐까.

"아니, 재미있어."

사키가 웃었다.

"모두들 쿠우탕을 무서워하지만, 난 전혀 무섭지 않아……. 내 손에서 풀을 받아먹기도 하는걸. 귀여워. 난 학교가 싫지 않아. 하지만…… 혼자서 힘내야만 할 때도 있다고 생각했을 뿐이야."

그리고 낮은 목소리로 덧붙였다.

"신이치도 사육 당번이었어."

"그래……."

하루카는 뭔가 말하고 싶은 듯 입술을 움직였다. 유우야는 입 안에 있던 양배추와 오징어를 씹어 삼켰다.

"사키가 말하는 대로일지도 몰라."

마코가 후~ 하고 한숨을 쉬었다.

"혼자서 힘내야만 할 때도 확실히 있긴 해."

"뭐야? 너까지."

하루카가 코웃음을 쳤다.

"하지만 생각지도 못한 누군가가 생각지도 못한 방법으로 구해 주는 경우도 있지."

그렇게 말하고 마코는 다시 부드럽게 웃었다.

"생각지도 못한 누군가?"

"생각지도 못한 방법?"

유우야와 사키가 동시에 말했다.

"마코 누나, 그게 무슨 말이야?"

"무슨 말일까, 응? 하루카."

마코가 하루카 누나를 친구처럼 불렀다. 건방지게 들리지는 않았다. 오히려 어머니가 돌아가신 후에 둘이서 후카사와 가를 떠받쳐 온 두 사람 사이엔 뭔가 유대감 비슷한 게 있었고, 그게 더 진하게 느껴지는 것 같았다.

"뭐야, 하루카 누나랑 상관있는 거야?"

하루카가 웃었다. 웃으면서 고개를 살짝 저은 다음 아무 말도 하지 않았다.

유우야는 지금 학교 옥상에 있다. 학생은 들어오지 못하도록 되어 있었다. 사실 출입을 금지 당하지 않아도 굳이 가고 싶은 장소는 아니었다.

주변을 둘러싼 연두색 담벼락, 콘크리트로 된 바닥, 오래된 정화조의 계단, 마른 흙이 채워져 묘하게 가지런히 놓여 있는 빛바랜 화분 네 개.

그것들이 옥상에 있는 전부였다.

오늘은 노을로 아주 약간 빨갛게 물들어 보이지만, 그렇지 않을 때에는 전혀 색채감이 느껴지지 않는 잿빛 공간이었다.

음울. 그런 단어가 어울렸다. 이곳에 오는 학생들은 좀처럼 없었다. 출입이 금지되어 있기도 했지만, 발을 들여놓는 것만으로 마음이 침울해지고, 주변을 둘러보면 더더욱 침울해지기 때문이었다.

"옥상에 30분 이상 서 있으면 정말 죽고 싶어져서 나도 모르게 철망을 넘고 있어."

"옥상에 가면 누군가가 뒤돌아 서 있는데, 그 사람이 천천히 돌아보면 그게…… 피투성이의 나인 거야……."

"옥상에서는 바람이 불면 꼭 여자 울음소리 같은 게 들려."

흔히들 말하는 학교 괴담류의 소문이었지만, 왠지 터무니없는 이야기라고 웃어넘길 수 없는 어떤 분위기가 옥상에는 있었다. 자전거를 주차해 놓는 곳이나 화장실에 숨어서 담배를 피우는 녀석들도, 둘만 있고 싶어 으슥한 곳을 찾는 커플도 이곳에는 오지 않는다. 거꾸로 말하면 혼자 있을 확률이 꽤 높은 장소였다.

까마귀 무리가 산으로 돌아간다.

왠지 기분 나쁜 이 검은 새들은, 다른 어떤 새들보다 저녁노을이 진 하늘에 잘 어울렸다.

"후카사와!"

이름이 불리자 심장이 쪼그라드는 것이 느껴졌다.

설마, 이런 곳까지, 이런 시간에…….

"뭐 해? 광합성이라도 하나 보지?"

쿠리타니 코우키가 능글맞게 웃으면서 가까이 다가왔다. 뒤에는 히로노세와 이시하라가 있었다. 쿠리타니와 같은 웃음을 짓고서.

히죽히죽, 히죽히죽.

정말 싫은 웃음이다.

웃고는 있지만 즐거워서 웃는 것처럼 느껴지지 않는다. 혹독한 것이 닥칠 것 같은, 왠지 싫은 느낌이다. 아마 여우가 다리에 상처를 입고 움직이지 못하는 토끼를 발견한다면 그렇게 웃을 것이다.

"응? 그런 거야? 후카사와?"

"별로……."

시선을 옆으로 돌렸다.

"뭐야? 그런 태도는. 사람이 모처럼 친절하게 물어봤는데."

쿠리타니가 유우야의 가슴을 밀었다. 별로 힘이 들어간 동작이 아니었는데도, 유우야는 비틀거리며 담벼락에 부딪쳤다.

"후카사와아~."

쿠리타니가 손을 뻗었다. 소림권법 유단자라고 떠들고 다니는 그 애의 손가락은 두껍고 힘이 넘쳐 보였다.

"돈 준비는 잘돼 가? 약속한 건 내일일 텐데~."

여드름 자국이 있는 거무스름한 얼굴이 가까이 다가왔다. 유우야는 주먹을 세게 쥐었다. 손가락 끝이 떨리고 있는 게 한심했던 것이다.

"기억하고 있겠지? 내일은 꼭 가지고 오라고."

"……싫어."

"엥? 뭐라고 했냐?"

"5만 엔…… 그렇게 큰돈을 내가 가지고 있을 리가 없잖아."

목소리가 갈라졌다. 하지만 말도 못하는 것보다는 낫다. 가만히 하라는 대로 따르는 것보다도 낫다. 아마도…… 나을 것이다.

"시끄러워! 약속을 어길 생각이야? 응?"

"야, 약속 따윈 하지 않았어! 너, 너희들이 멋대로……."

나도 모르게 비명을 질렀다. 가슴에 날카로운 통증이 느껴졌던 것이다.

"후카사와~, 너무 그러지 말라고……. 응?"

쿠리타니의 두꺼운 손가락이 제복 위에서 유우야의 가슴을 할퀴었다.

"그만둬!"

뿌리치려고 했지만, 어느 틈엔가 손목이 잡혀서 뒤로 꺾이고 있었다.

"아얏!"

"하~항, 아파? 자, 그럼 이렇게 하면 어떨까?"

다리후리기에 당해 바닥에 나동그라졌다.

숨이 턱에 닿았다.

"너 정말 약해 빠졌구나?"

쿠리타니의 웃음소리가 위에서 들려왔다. 뒤이어 히로노세와 이시하라가 비웃는 소리가 들렸다.

"그렇게 약해서야 어떻게 정의의 용사가 되겠어?"

"그래, 그래. 힘내라고 후카사와. 어~이 용사!"

야유하는 목소리와 박수.

바닥에 늘어져 있는 손가락을 쿠리타니가 밟았다. 그대로 체중을 실어 유우야 옆에 덜썩 주저앉아 나지막하게 속삭였다.

"이렇게 약해 빠진 주제에, 폼이나 잡고 영웅인 척하면서 우리를 나쁜 놈 취급했겠다? 잘도 우리한테 창피나 주고."

"……그런……."

"우린 정말 깊~게 상처받았다고."

"창피 따위…… 주지 않았어."

"헛소리 마."

귀를 끌어당겼다. 귓불이 찢어질 것만 같았다.

아파. 무서워. 눈물이 날 것 같아.

유우야는 어금니를 꼭 물고 필사적으로 눈물이 터져 나오려는 것을 참았다.

여기서 울기라도 하면 이놈들을 기쁘게 할 뿐이야. 울어도 아무것도 해결되지 않아.

절대로 울지 않을 테다.

세게, 더 세게 어금니를 꼭 물었다.

"너는 내게 창피를 줬어. 정신적으로 상처를 입혔다고. 그러니까 벌금 5만 엔. 이 정도면 싼 거 아니야?"

"벌금! 벌금 5만 엔."

"빨~리 내라고."

히로노세와 이시하라가 입을 맞춰 몰아세웠다.

"증인도 확실히 있다고. 그렇지, 마노?"

체격이 큰 이시하라가 옆으로 비켜섰다.

에? 쇼지?

마노 쇼지가 서 있었다. 이시하라보다 머리 하나는 작은 몸을 더욱 움츠리면서 고개를 숙이고 서 있었다.

"이봐, 마노. 네가 증인이지? 후카사와가 내게 창피를 준 게 사실이라고 증언해 줄 거지?"

쇼지의 목젖이 위아래로 움직였다. 입술이 떨리는 걸 알 수 있었다.

"응? 쇼지!"

"으~ 응."

끄덕. 쇼지가 고개를 끄덕였다.

"……쿠리타니가 말하는 그대로야……."

"응? 안 들리는데? 좀 더 큰소리로 말해 봐."

"쿠, 쿠리타니가 말하는 대로……야."

"그렇지? 그러니까 벌로 5만 엔, 안 내면 안 되겠지?"

"우……."

"어떻게 된 거야, 마노. 후카사와를 똑바로 보고 말해 줘."

"저…… 저기……."

"마노!"

"아…… 유우우야……, 후카사와는 5……5만 엔을, 쿠……

쿠리타니에게 줘야만 한……다."

쇼지의 얼굴이 일그러졌다. 입술은 계속 떨렸다.

"그럼 결정!"

쿠리타니는 일어서서 쇼지에게 다가가 어깨를 안았다.

"증인이 있습니다. 이걸로 후카사와 유우야의 유죄가 확정되었습니다. 벌금으로 5만 엔을 징수하도록 하겠습니다."

"좋았어! 유죄 판결을 축하한다. 후카사와."

"벌금 5만 엔 빨리 내라고."

쿠리타니는 쇼지의 어깨를 붙잡은 채로 천천히 유우야에게 다가와 등을 쳤다.

"알았냐, 후카사와. 이건 벌금이니까. 내일 꼭 5만 엔 가져와라. 안 가져오면 어떻게 될지, 알고 있겠지?"

평소보다 더 가시가 돋친 목소리로 말했다. 소름이 끼쳤다. 폭력단에게 협박당한 사람은 이런 느낌일까.

쇼지는 고개를 숙이고 있었다. 눈을 마주치려 하지 않았다.

하교를 알리는 벨이 울렸다.

"운동부 및 학교 내의 학생들에게 알립니다. 모든 활동을 종료하시고 집에 돌아가 주시기 바랍니다. 다시 한 번 말씀드립니다……."

생활지도부의 마스구치 선생님인 듯, 탁한 목소리가 스피커를 통해서 흘러나왔다.

"자, 가자고."

"오~ 내일이 기대되는걸."

"후카사와, 기다리겠어."

쿠리타니 패거리가 왁자지껄 떠들면서 사라졌다. 쇼지만이 그 자리에 잠자코 서 있었다. 입술뿐만 아니라 꼭 쥐고 있는 주먹도 떨리고 있었다.

"어이, 마노. 빨리 와. 내 가방을 들게 해 줄 테니까."

쿠리타니가 쇼지를 불렀다.

쇼지는 움직이지 않았다.

"마노, 뭐 하는 거야?"

재차 부르는 목소리엔 짜증이 실려 있었다.

"가."

유우야는 쇼지를 노려보면서 중얼거렸다.

"가라, 이 비겁한 놈아."

쇼지가 고개를 들었다. 흰 피부에 큰 눈을 가진, 선이 가늘면서 잘생긴 얼굴이었다.

"……유우야."

"친한 척하지 마."

바보.

큰 소리로 외치고 싶었다. 하지만 여기서 쇼지를 몰아세워도, 쓰러뜨려도, 더 비참해질 뿐이다.

세게, 더 세게 입술을 깨물었다. 입 안에 피가 고였다. 기분이 나빠졌다. 토할 것 같았다. 토하면서 소리 높여 울고 싶었다. 쿠리타니들에게 괴롭힘을 당하는 것보다 쇼지에게 배신당했다는 사실이 너무나 괴로웠다. 그런 생각이 들었다.

마노 쇼지.

중학교에 입학해서 처음으로 생긴 친구였다. 더 친한 친구로 남을 수 있을 거라고 기대한 내가 바보였다.

자리가 앞뒤로 배치되었던 것이 맨 처음 만나게 된 계기였다. 그리고 쇼지가 읽고 있던 책이 유우야가 바로 일주일 전에 다 읽었던 논픽션이었던 것이 두 번째 계기였다.

“그거, 재미있지?”

유우야가 말을 걸자, 쇼지는 눈을 반짝이면서 웃는 얼굴로 고개를 끄덕였다.

“재미있어. 후카사와도 읽었어?”

“읽었어, 읽었어. 나는 모험물을 너무 좋아해. 카누로 아마존

강을 건넌다든지, 정글에서 유적을 발굴한다든지 하는 그런 시리즈가 좋아."

"나…… 시리즈 전부 가지고 있어."

"정말?"

"진짜야. 빌려 줄까?"

"야, 잘됐다! 이거 인기가 있어서, 도서관에서 빌리려면 한참 기다려야 한다고."

정말 기뻤기 때문에 그렇게 순수하게 웃었다고 생각했다. 쇼지도 약간 얼굴을 붉히고 웃고 있었다.

유우야가 다니는 '신와학원' 은 중학교와 고등학교가 같이 있는 사립학교로, '문무양도(文武兩道)' 즉 공부도 스포츠도 동시에 힘쓴다는 사치스러운 이념을 내걸고 있었다.

수년 전까지는 여학교여서, 지금도 여자 쪽이 압도적으로 수가 많다. 공부에 있어서도 스포츠에 있어서도 꽤 높은 레벨이었지만 그것은 여학생들의 힘이 컸다. 하루카와 마코의 모교이기도 했다.

유우야와 같은 초등학교에서 진학한 아이들도 70%가 여학생이었다. 남은 30%의 남학생들과도 그냥 마주치면 인사만 하는 정도로, 이야기의 화제도 드라마나 탤런트 등 한정된 것뿐이었다. 좀처럼 '책' 에 대한 이야기는 할 수 없었다.

만화나 아이돌이 찍힌 잡지라면 몰라도, 활자가 잔뜩 찍혀 있는 '책'에 대해 아무리 열심히 떠들어도, 아니, 열심히 말하면 말할수록 주위의 친구들이 멀어져 가는 느낌이 든다. 사실, 유우야는 이미 6학년 2학기 때 모처럼 마음이 맞는 친구들에게 여름 방학 때 읽은 책들에 대해 열심히 이야기한 적이 있다. 정신을 차려 보니 친구들 모두 어색한 표정으로 딴 데를 쳐다보고 있는 뼈아픈 경험을 했었다. 이후로는 취미가 독서라고는 입이 찢어져도 말하지 않으리라 다짐하고 있었다. 진실을 말할 수 없다니, 어딘가 자신을 속이는 것 같아서 입이 근질거렸지만 모두가 딴 데를 보는 그런 느낌을 다시 맛보는 것보다는 나았다.

그러나 쇼지와 알게 되면서 당당히 '책'에 대해 이야기할 수 있게 된 것이다.

이건 거의 기적에 가까웠다.

좋아하는 책의 장르나 작가도 같았고, 거기에 쇼지는 유우야를 뛰어넘는 독서가로 화제도 다양하고, 책에 질린 적이 없었다. 무리하게 장단을 맞출 필요도 없었고, 쇼지가 유우야에게 과도하게 신경을 쓰는 모습도 본 적이 없었다.

같이 있으면 즐겁고 편안했다.

유우야와 쇼지는 둘 다 위원회 활동으로 당연히 도서위원을 지망했고, 희망하는 대로 이루어졌다. (도서위원은 반마다 두 명씩이었지만, 유우야와 쇼지 외에 희망자가 없었기 때문이었다. 운동장에 있는 새 우리에 세 마리의 닭이 있었지만 사육 위원회라는 섹션은 없어서 누가 돌보게 될지 조금 신경이 쓰이긴 했다.)

마음이 맞는다든지 취미가 같다든지 하는 건 사소한 것이라고 생각했다. 마음이 맞지 않으면 되도록 맞춰 가면 되고, 도저히 무리라면 거리를 두면 되는 일이었다.

그렇게 생각했었다.

하지만 쇼지라는 친구가 생기고 나서야 비로소, 자기가 마음 가는 대로 이야기할 수 있는 상대를 계속 찾아 왔었다는 것을 깨달았다. 나의 진짜 속마음을 드러낼 수 있는 누군가, 신경 쓰지 않고 말할 수 있는 누군가, 공감할 수 있는 누군가……를 찾고 있었다는 것을 새삼 느꼈다.

그다지 기대하지 않았던 중학교 생활이, 기대해도 좋을 만큼 재미있을지도 모른다고 생각했던 그 순간, 이런 사건이 일어나 버린 것이다. 그리고 사건의 결과로서, 유우야는 쿠리타니 코우키에게 집요하게 괴롭힘을 당하는 처지에 놓이게 된 것이다.

쿠리타니는 이 학교에 비교적 많은 학생들이 진학한 초등학교 출신이었다. 체격도, 운동신경도 반에서 두드러질 정도로 우수했다. 성적은 중상위 정도였지만, 시원시원하게 말을 잘했고, 농담도 잘했다. 그렇다고 해서 눈에 띄고 싶어 하는 성격도 아니었다. 괜히 들떠서 주위로부터 드러나는 일은 결코 하지 않았다.

쿠리타니가 '꽤나 좋은 녀석', '꽤 우수한 놈'으로서 선생님들에게서도 같은 반 친구들에게도 주목받기 시작하는 데에는 그렇게 오랜 시간이 걸리지 않았다.

같은 반이라고 해도 자기와는 전혀 다른 타입인 쿠리타니에게 유우야는 흥미가 전혀 없었다. 아니, 자기와는 전혀 다른 세계의 사람이라고 생각했다.

그날, 5월의 첫째 목요일 점심시간에 쇼지는 도서실에 나타나지 않았다. 매주 월요일, 목요일 점심시간에는 유우야와 쇼지가 1학년 3반 도서 당번이었다. (그밖에도 2학년 1반, 3학년 2반 위원이 한 명씩 있었지만 2학년 도서 위원은 자전거 사고로 입원 중이었다. 즉, 월요일, 목요일은 한 명이 원래 부족했다.) 20분의 휴식시간 동안 책의 대출이나 반납을 관리하고, 책을 정리하거나, 도서 카드를 정리하거나 했다. 간단한 일이었지만 손이 많이 가면서 방심할 수 없는 일이었다. 도서위원이 인기가 없는 것도 일은 간단하지만 바쁘고 방심할 수 없다는 점에 있었다.

유우야는 잔손이 많이 가는 일도, 바쁜 것도 싫지 않았다. 도서실에 있을 때의 긴장감도 좋았다. 조금이라도 책에 관련된 일을 하고 있는 것이 즐거웠던 것이다.

"후카사와나 마노같이 즐겁게 일해 주는 아이가 있어 정말 좋은걸. 왠지 보고 있는 쪽까지 기분이 좋아져."

예전 사서였던 도쿠사와 선생님이 칭찬해 주었다. 쇼지와 두 사람이 반납된 책들의 정리를 막 끝냈을 때였다. 선생님은 웃는 얼굴로 고개를 돌려, 창가 자리에서 열심히 책을 읽고 있는 학생에게 말을 걸었다.

"그렇지, 야마다군?"

"네?"

3학년 도서위원인 야마다 카즈오가 읽고 있던 책에서 고개를 들었다. 훌쩍 큰 키에 머리는 귀를 덮고 어깨까지 올 만큼 길었다. 콧대가 길어서 안경이 무척 잘 어울렸다. 그러나 용모보다는 단순하고 평범하기 짝이 없는 그 이름 쪽이 오히려 인상적이어서, 다른 도서위원 중에서 가장 먼저 '야마다 카즈오'를 기억할 정도였다.

"무슨 일이세요, 선생님?"

야마다가 안경을 밀어 올리며 말했다. 도쿠사와 선생님은 일부러 크게 한숨을 내쉬었다.

"너같이 종일 도서실에 있어도 조·금·도 일하지 않는 위원 하고는 무척이나 다르다고 말했어."

"아하, 그렇군요."

도쿠사와 선생님의 스트레이트 공격을 맞받아치고 야마다는 유우야와 쇼지에게 가볍게 웃어 보였다.

"너희들, 꽤나 책을 좋아하는구나? 수고해."

"무슨 말을 하는 거니? 자, 독서는 나중에 하고 저 두 사람을 본받아서 일 좀 하라고."

도쿠사와 선생님은 벽에 걸려 있던 빗자루를 들고 야마다를 향해 쓰레기를 쓸어 모았다.

"왓~선생님. 너무 심한데요. 학생을 쓰레기 취급하시다 니……."

"일하지 않는 자는 읽지도 말라고 했어. 아예 종이에 써 붙여 놓을까 봐."

두 사람의 언쟁이 재미있어서, 유우야는 그만 소리 내어 웃고 말았다. 쇼지도 웃고 있었다.

그런 도서실의 분위기가 좋았고 마음에 들었다. 있기 편한 장소였다. 쇼지도 그랬다고 생각했다. 한 번도 도서위원 활동을 쉰 적이 없었고, 야마다같이 책을 읽는 데 정신이 팔려 활동을 소홀히 하는 일도 없었다.

그런데 그 목요일, 쇼지는 좀처럼 모습을 나타내지 않았다. 이미 점심시간은 10분 넘게 지나 있었다. 이제 곧 오후 수업이 시작되는 벨이 울릴 시간이다.

"마노, 오늘은 안 오나 보네?"

컴퓨터에 대출된 책들을 입력하면서 도쿠사와 선생님이 물었다.

"아뇨, 학교에는 왔는데요?"

"어머, 그럼 도서실만 안 오는 건가? 드문 일이네."

도쿠사와 선생님이 컴퓨터에서 눈을 들어 유우야를 보았다.

"마노가 그런 일을 하다니."

화를 내는 게 아니라 의아해하는 말투였다. 선생님은 고개를 갸웃거렸다.

"무슨 일이 있었니?"

"아니요, 별로……"

아무 일도 없을 터였다. 월요일과 목요일은 도시락을 빨리 먹고 도서실로 간다. 교실을 나올 때 쇼지의 모습을 찾아보았지만 눈에 띄지 않았다.

사이가 좋다고 해도 여자애들처럼 하루 종일 찰싹 붙어 있는 것은 아니었다. 쇼지는 미술부, 유우야는 신문부로 부활동도 달랐다. 서로 그런 사정 때문에 오히려 따로따로 행동할 때가 많았다.

설마 먼저 갔나?

그렇게 생각하고 조금 서둘러 도서실로 왔다.

쇼지는 없었다. 5분이 지나도 10분이 지나도 오지 않았다.

"마노는 안 오는 거야?"

항상 있는 창가 자리에서 야마다가 말을 걸었다. 유우야는 애매한 듯 고개를 끄덕였다.

무슨 일이지?

조금 불안해졌다. 쇼지가 여기에 오지 않는다는 것은 어지간한 일이 아니고서는…….

무슨 일이 있는 걸까?

"……녀석이 땡땡이를 치다니 드문 일인데."

야마다는 도쿠사와 선생님과 같은 말을 혼잣말처럼 중얼거렸다.

"정말이지 야마다라면 조금도 이상하지 않은 일인데 말이지."

선생님이 끼어들었다. 언제나라면 적당히 받아칠 야마다가, 말없이 유우야를 쳐다보았다. 책을 덮고 일어선다.

"찾아보면 어때?"

“에?”

“마노가 안 오는 건, 어지간한 일이 아니고선…… 없는 일이지 않아?”

“어지간한…….”

“어지간한 일인지, 뭐가 어떻게 된 일인지는 모르겠지만 말이야…….”

거기서 잠깐 쉬고, 야마다는 유우야를 처다보았다.

“……찾으러 가 줘.”

혼잣말처럼 야마다는 말했다. 그런데도 큰 목소리보다 더 귀에 확실히 들어오는 느낌이었다.

찾으러 가 줘.

유우야는 도서실 안을 둘러보았다. 책상과 책장 앞에 열 명 남짓한 학생들이 있을 뿐이었다.

“상관없어.”

도쿠사와 선생님이 말했다.

“이쪽은 이제 됐으니까.”

“괜찮을까요? 아직 일을 하는 중이라…….”

“응, 괜찮아. 신경 쓰지 않아도 돼. 뒤는 전부 야마다가 해 줄 테니까.”

“왓, 저 말인가요?”

"당연하잖니. 1학년생은 없고, 2학년생은 입원. 그러면 너밖에 안 남잖니. 후배들한테 일을 미루고 이제까지 게으름을 실컷 피웠으니까, 그만큼 열심히 일하도록 해. 자 그럼, 여기 반납된 책들을 정리해 줘. 그리고 잡지 코너 잡지도 좀 바꿔 주고. 그리고 교내 신문을 정리하고, 그게 끝나면…… 앗, 오래된 잡지나 신문은 각각 끈으로 잘 묶어놔 주고. 그리고 다음엔……."

"선생님, 너무한데요?"

"지금까지 봐준 거야. 자, 불평하지 말고 일해, 일!"

선생님과 야마다의 언쟁을 들으면서 도서실을 나왔다.

야마다 선배에게 들은 말 때문인지 가슴이 고동쳤다.

왠지 나쁜 일이 일어날 것 같은 예감.

자랑은 아니지만 유우야의 예감은 좋은 일에는 전혀 맞지 않는 주제에 나쁜 일에는 맞는 경우가 많았다. 정말이지 조금도 자랑할 게 없는 예감이었다.

도서실을 나와 계단을 내려갔다. 1학년생 교실이 있는 서쪽 건물로 복도를 가로질러 가서 계단을 올라가려 했을 때, 사람들의 목소리가 들려왔다.

계단 밑, 청소 도구를 놔두는 어두컴컴한 곳이었다.

확실히 알아들을 수는 없었지만, 몇 명의 남자 목소리였다. 낮은 목소리뿐이었다. 발소리를 죽이고 가만히 다가갔다.

“마노, 너 말이야…….”

쇼지의 이름이 귀에 들어왔다. 가슴이 내려앉았다.

“이렇게 의지하고 있는데 말이야. 안 되는 거야? 1만 엔이야. 딱 1만 엔. 예전엔 자주 빌려 줬잖아, 응?”

“그래. 기분 좋~게, 말없이 빌려 줬잖아. 요즘 너무 섭섭한데? 솔직히 화가 조금 나려고 해.”

“말을 안 하면 알 수가 없잖아? 안 그래? 쇼~지짱.”

쇼지!

유우야는 숨을 들이마셨다. 심장이 터질 것만 같았다.

쇼지가 키 큰 소년들에게 둘러싸여 있었다. 유우야가 있는 곳에서는 머리만 겨우 보였다. 둘러싸고 있는 것은…….

쿠리타니 패거리였다.

다시 한 번, 이번에는 침을 꿀꺽 삼켰다.

“……싫어.”

가느다란 쇼지의 목소리가 들렸다. 정말 가느다랗게. 하지만 뚜렷하게 들렸다.

“이제…… 무리야…….”

“하? 그게 무슨 소리야?”

“돈…… 이제 못 가져와. 그런 건 요전에 안 된다고, 그렇게 약속했잖아…….”

"엥? 그런 약속한 기억은 없는데?"

"그런…… 했잖아."

"시끄럽게 중얼대지 마. 너 정말 열 받게 하는구나?"

쇼지가 또 뭔가 말했다. 쿠리타니의 뒷모습이 움직였다. 쇼지를 벽에 밀어붙였다. 그러자 히로노세가 가까이 다가서서 발을 밟고 이시하라가 무릎으로 쇼지를 쳤다. 이미 여러 번 반복된 듯 꽤나 능수능란했다.

아냐, 감탄하고 있을 때가 아니지.

이것은 왕따다. 일방적으로 쇼지가 당하고 있다. 게다가 협박당하고 있었다.

몸이 떨렸다. 다리가 움직이지 않았다. 입 안이 급속도로 말라 갔다.

유우야는 주먹을 꽉 쥐었다. 주먹이 가늘게 떨리는 게 느껴졌다.

"얼레? 이것 봐라, 우는 거야? 쇼지."

"여전히 울보잖아?"

"울보에 겁쟁이 쇼지짱, 울고만 있으면 곤란합니다! 뭐라도 말씀 좀 해 주시죠."

이시하라가 이상하게 높은 목소리로 말했다.

등골에 소름이 쫙 끼쳤다. 그런데 이마나 겨드랑이에는 땀이 배어나왔다.

어쩌지, 어떻게 하지?

'탁' 하는 소리가 들렸다.

쇼지의 머리가 벽에 부딪치는 소리였다. 아니, 누군가가 쇼지를 밀쳐 부딪친 소리였다.

빠르게 뛰던 심장이 진정되는 느낌이었다.

찾으러 가 줘.

야마다 선배의 말이 귓가에서 맴돌았다.

배에 힘을 주고 앞으로 한 발 나섰다.

"쇼지!"

떨리지 않도록 목소리에 힘을 주었다.

쿠리타니 패거리가 일제히 뒤를 돌아보았다. 놀란 듯 세 명 모두 눈을 크게 뜨고 있었다. 평소에는 자기보다 훨씬 나이가 많아 보였던 쿠리타니의 얼굴까지 지금은 어린애처럼 보였다.

"뭐 해? 이런 데서."

일부러 쾌활하게 말해 본다.

"야마다 선배와 도쿠사와 선생님이 불러. 일이 쌓여 있다고. 그러니까…… 계속 찾아다녔어."

꽤나 술술 거짓말이 흘러나왔다.

쿠리타니의 눈이 가늘어졌다. 어려 보였던 표정이 눈 깜짝할

새에 사라졌다.

"아아, 후카사와냐. 놀래키지 말라고."

입술이 일그러지면서 양 끝만 올라가 웃는 얼굴이 된다. 가늘게 뜬 눈은 조금도 웃고 있지 않았다.

온몸에 땀이 다시 배어나왔다.

유우야는 다리를 힘껏 벌려 앞으로 내디뎠다.

"쿠리타니, 뭐 하는 거야?"

쿠리타니의 얼굴에 엷은 미소가 번졌다.

"뭘 하고 있는 거라고 생각해?"

"에?"

"후카사와는 우리들이, 여기서, 무엇을, 하고 있다고 생각해?"

한마디 한마디 끊어 말하면서 쿠리타니가 물었다.

"그…… 그건……."

설마 그걸 물어볼 줄은 몰랐다.

말문이 막혔다.

"응? 뭐? 잘 안 들리는데?"

쿠리타니가 한 발 앞으로 나섰다. 눈이 마주쳤다.

눈을 피하면 지는 거다.

알고 있었는데도 유우야는 눈을 감고 말았다.

흐흥.

쿠리타니가 코웃음을 쳤다. 눈을 감고 있어도 느껴졌다. 주먹을 쥐고 허리를 곧게 펴려고 했지만 이미 늦었다.

쿠리타니의 얼굴에는 유우야를 얕보고 있는 듯한 표정이 노골적으로 드러나 있었다.

"이시하라, 히로노세, 우리 여기서 뭘 하고 있었더라?"

"놀고 있지."

이시하라가 말했다.

"그래 그래, 놀고 있어. 우린 옛날부터 사이가 좋았거든."

히로노세가 맞장구를 쳤다. 쿠리타니가 어른처럼 어깨를 움츠리며 말했다.

"그렇다는데? 알았어, 후카사와?"

유우야는 고개를 저었다.

"그렇게는 안 보이는데."

"하아?"

"놀고 있는 것처럼은 안 보였다고."

끝까지 말했다. 안심했다.

"뭐~야? 그런 말투. 조금 기분 나쁜데?"

쿠리타니가 작게 혀를 찼다.

"우리들 말이야, 나도 이시하라도 히로노세도 마노도 같은 초등학교 출신이라고. 그건 알잖아?"

"……알아."

"꽤나 사이가 좋다구. 자~주 같이 노는 사이야 우린. 그렇지, 쇼지?"

벽에 등을 대고 서 있던 쇼지의 몸이 순식간에 굳었다. 답변은 없었다. 흰자가 빛나는 듯이 보였던 건, 눈물 때문일까.

쇼지의 태도는 전혀 개의치 않고 쿠리타니는 계속했다.

"그런데 중학교에 들어오니까 쇼지 녀석, 우릴 모른 척하지 뭐야. 전~혀 상대를 안 해 주는 거야. 그런 거, 슬프지? 모처럼 친구가 되었는데."

쇼지가 조금씩 몸을 움직였다. 그 팔을 이시하라가 낚아채며 말했다.

"그러니까 이렇게 옛날처럼 사이좋게 지내자고 말하는 중이었어. 아 유 언더스탠드?"

쿠리타니가 V사인처럼 손가락 두 개를 내밀었다. 한순간 눈을 찔리는 게 아닐까 싶어 무의식적으로 뒷걸음쳤다.

"헷헤~뭘 그렇게 겁내는 거야, 후카사와."

"……어쨌든, 쇼지는 도서위원이야. 일이 있으니까 도서실에 가야 해……."

"그런 것보다 친구가 더 중요하잖아?"

"하, 할 얘기가 있다면 교실에서 하면 되잖아. 이런 곳에서 숨어서는…… 게다가 아까 쇼지를 때렸잖아. 친구로는 안 보였어. 그건 위협하고 있는 것으로밖에……."

입을 다물었다.

큰일 났다. 말이 지나쳤다.

당황해서 다시 말하려고 했지만 이미 늦었다.

"위협?"

쿠리타니의 얼굴에서 핏기가 빠져나갔다. 눈과 입술이 부르르 떨리기 시작했다.

무섭다.

"어이, 후카사와, 뭐야, 우리가 지금 뻥이라도 뜯고 있었다 이거냐?"

"뻐, 뻥인지 뭔지는 모르지만…… 하지만…… 왠지…… 협박하고 있는 것같이 보였어."

쿠리타니의 표정이 점점 험악해졌다. 도망가고 싶었다. 입을 다물고 돌아서고 싶었다. 하지만 유우야는 주먹을 더 세게 쥔 채로 움직이지 않았다.

용기를 쥐어짜고 있는 것도, 쇼지를 구하려고 굳게 결심한 것도 아니었다(그런 것도 있기는 있었지만). 그냥 말이 나와 버린 것이었다.

이미 뱉은 말이었다. 이제야 입을 다물어도, 하고 싶은 말을 다 해도, 결과는 똑같았다.

그렇게 생각했다.

여기서 잠자코 물러간다 해도, 쿠리타니들은 유우야를 용서하지 않을 것이다. 달아나면 쫓아올 것이고, 쇼지에게 괜한 화풀이를 할 수도 있었다.

이 잠깐 동안, 쿠리타니가 교실에서 보여 주는 것과는 달리 음울하고 거친 면을 가지고 있다는 것을 알았다. 그렇다면 도망가도 소용없다……. 도망가도 소용없는데…….

어떻게 되는 거지?

갑자기 불안이 가슴속에서 소용돌이쳤다. 마른 나뭇가지가 바람에 흔들리는 소리가 들릴 듯했다. 다시 마음을 굳게 먹고 하고 싶은 말을 하는 것은 간단한 일이었다. 하지만 그 다음에는 어떻게 될까.

휘~이잉.

바람 소리가 들려왔다.

"이봐, 후카사와. 말해도 되는 게 있고 안 되는 게 있지. 우리들을 범죄자 취급하는 거야?"

멱살을 잡혀 들어 올려지자 숨이 막혔다.

"어~이. 1학년생. 이제 곧 오후 수업이 시작될 시간이야."

팽팽한 분위기와는 전혀 어울리지 않는 느긋하게 길게 끄는 목소리가 들려왔다.

"……야마다 선배."

야마다 카즈오의 호리호리한 그림자가 거기 서 있었다.

쿠리타니의 손이 떨어졌다. 괴로운 느낌이 사라졌다. 계단 아래의 먼지 낀 공기가 갑자기 기관지로 밀려들어 와, 유우야는 콜록거리며 기침을 했다.

칫.

작게 혀를 차고는 쿠리타니가 손을 놓았다. 야마다의 옆을 스쳐 지나간다. 이시하라와 히로노세도 뒤를 따랐다.

"괜찮아?"

야마다가 고개를 숙이고 유우야를 쳐다보았다.

"꽤나, 당한 것 같은데?"

"전, 그 정도까지는……."

고개를 숙인 채로 가만히 있는 쇼지를 보면서 유우야는 말했다.

"쇼지…… 저 녀석들……."

"유우야, 고마워."

고개를 들고 쇼지는 가느다란 목소리로 말했다. 눈물 자국이 아직 얼굴에 남아 있었다.

"별로 감사할 필요는 없어……. 너, 항상 이런 일을……?"

쇼지는 고개를 옆으로 저었다.

"초등학교 때는…… 그렇지 않았어. 같은 반이었던 때도 없었고…… 거의 중학교에 입학해서…… 유우야하고 그렇게 친하지 않았을 때…… 왠지 역시 혼자일 때는 쓸쓸해서, 쿠리타니들이 말을 걸어 줘서…… 같이 놀기도 했어……."

"과연, 처음엔 친구풍이었구나."

야마다가 볼에 손을 대고 천천히 고개를 끄덕였다.

"친구풍?"

"그래, 친구풍. 왜 있잖아, 그런 거. 궁전풍 레스토랑이라든지, 하와이풍 파인애플 주스, 스파게티풍 야키소바라든지."

"스파게티풍 야키소바라니, 생전 처음 듣는데요."

"어, 그래? 어쨌든 ○○풍이란 건 겉보기에는 ○○와 닮았지만 ○○와는 전혀 다른 어떤 것이지. 즉, 쿠리타니인지 뭔지 하는 저 패거리들은 마노에게는 친구처럼 느껴졌지만 친구는 아니라는 거지."

"왠지 어렵네요. 하지만 이해는 가요."

"이해가 간다면 됐어. 그런데 마노, 그 친구인 척하는 패거리들과 잠깐 사귀긴 했지만, 역시 '풍'에 지나지 않으니까 너는 녀석들하고 어울리는 게 싫어졌다…… 대충 이렇지?"

야마다의 목소리는 단조로웠고 감정은 거의 실려 있지 않은 것처럼 들렸다. 그렇지만 부드러웠고 마음이 편해지는 어떤 것이 있었다.

"네. 쿠리타니들과 놀아도 좀처럼 재미있질 않아서. 그때쯤, 유우야랑 여러 가지 얘기를 하게 되기도 했고, 도서위원이 된 다음에는 이쪽이 훨씬 재미있는 것 같아서…… 언젠가부터 쿠리타니와 거리를 두게 되었어요……. 그러다가……."

딩~동 댕~동.

딩~동 댕~동.

오후 수업을 알리는 종이 울렸다. 교실로 향하는 발소리와 이야기 소리로 인해. 주위가 순식간에 소란스러워졌다.

"일주일 전, 수업이 끝나고…… 여기로 끌려와서…… 패거리에서 빠지려면 돈을 내라고 해서……."

"돈이라. 거 참 고전적인 녀석들도 다 있네."

야마다가 쿡 하고 웃었다. 유우야는 손톱만큼도 웃을 기분이 들지 않았다.

"쇼지. 그때…… 돈을 줘 버린 거야?"

"응. 용돈 받은 지 얼마 안 된 때였고, 할머니께서도 책 값 하라고 돈을 주셨었거든…… 그걸 전부……."

"얼마나?"

“5천 엔.”

야마다가 신음 소리를 냈다.

“꽤나 큰 금액인걸.”

“네…….”

“그걸 전부, 준 거야?”

“네…….”

“그렇구나, 줘 버렸구나.”

야마다 선배는 천정을 올려다보며 가볍게 한숨을 쉬면서 뒤통수를 긁적이며 말했다.

“음~. 이거 얕보이고 말았는걸? 이 자식 조금만 겁주면 뭐든지 하라는 대로 할 것 같군, 이런 느낌. 그렇게 되면 안 좋은데. 한번 얕보이게 되면…… 으음, 그러니까 처음이 중요한데 말이야.”

쇼지는 또다시 고개를 숙였다. 얼굴이 빨개지는 것이 보였다. 자기를 책망하고 있는 거겠지. 그런 협박에 고분고분 용돈 전액을 갖다줘 버린 자기의 나약함을 책망하고 있는 것이다.

하지만……

나라면 어땠을까.

유우야는 생각했다.

쿠리타니들에게 둘러싸여서 위협당했다면, 어떻게 했을까.

나라면 의연하게 거부할 수 있었을까? 그렇게 키 큰 세 명이 앞을 가로막고 협박하는데 거부할 수 있었을까?

무리였다.

"야마다 선배, 우리들은 그렇게 강하지 않으니까……."

의도하지 않았는데 말이 저절로 나왔다. 야마다가 놀란 듯 눈을 깜박였다. 조금 당황한 듯이 오른손을 좌우로 흔들면서 말했다.

"아…… 응, 그런 의미가 아니야. 난 마노를 책망하려는 게 아니라, 뭐든지 처음이 중요하다는 철칙을 기억해 둬서 나쁠 건 없다는 의미였어."

"처음이 중요……."

야마다가 씨익 웃었다. 상냥한 얼굴이었다. 보고 있자니 마음이 어쩐지 편해졌다.

"뭐, 처음 실수해도 나중에 충분히 만회할 수 있으니까, 너무 심각하게 생각하지 않도록 해."

어쩐지 입시 때 주의 사항을 듣는 것 같았다.

"게다가 이번엔 완전히 거부한 셈이니까. 그건 다행이라고 생각해. 돈은 말이야, 건네주면 건네줄수록 점점 요구하는 액수가 올라가는 경우가 많아. 어느 시점에서 딱 잘라 거절하지 않으면 안 돼."

유우야는 애매하게 고개를 끄덕였다.

"오늘은 거부할 수 있었지만, 다음엔 어떻게 될지……."

"그래도 말이야."

야마다가 손가락을 하나 세웠다. 길고 보기 좋은 손가락이었다. 본 적은 없지만 일류 피아니스트의 손가락이 이런 느낌이지 않을까. 아니면 일류 마술사일지도…….

"가능한 한 거부해 봐. 절대로 말을 듣지 마. 이런 건 한번 상하관계가 성립되어 버리면 위협하는 쪽도 당하는 쪽도 좀처럼 빠져나올 수가 없어. 요는, 패턴이 생겨 버리면 안 된다는 얘기야. 우선은 이 패턴을 만들지 말 것. 만들게 놔두지 않는 것이 포인트야."

"하아…… 포인트입니까?"

왕따를 당하지 않기 위한 포인트?

길게 괴롭힘을 당하지 않기 위한 포인트?

"선배, 그 포인트란 게……."

"어~이, 야마다!"

계단 난간 근처에서 각진 얼굴이 불쑥 나왔다.

"뭐해? 빨리 안 가면 늦는다고. 다음 시간 수학인데, 너 예습 프린트는 냈나?"

"앗, 깜박했다. 키노우치, 부탁 좀 하자. 나 좀 빌려 줘."

"바보. 난 너한테 빌리려고 생각했다고."

야마다는 유우야들에게 손을 흔들어 보였다.

"뭐, 오늘은 어떻게든 넘어간 셈이니까, 좋은 셈 치자구. 조금 상태를 지켜보자고. 무슨 일이 있으면……."

상담해 줄게. 그렇게 말해 줄 거라고 생각했지만, 야마다는 기다란 손가락으로 위를 가리키면서 이렇게 말했다.

"하늘을 가만히 바라보면 기분도 좋아져서 좋은 아이디어가 떠오를지도 몰라. 너무 혼자만 고민해도 소용없다고. 그럼 잘들 가라."

야마다 선배는 빠른 걸음으로 사라졌다. 유우야는 조금 맥이 빠지고 말았다.

쿠리타니가 이대로 물러날 것 같지는 않았다. 야마다의 말대로 지금 이 순간만 어떻게든 넘긴 것에 불과했다.

내일은?

모레는?

일주일 후에는?

머리 위에 큰 바위라도 올라가 있는 느낌이었다. 야마다 선배가 전부 날려 보내 주기를 바라는 것도 아니었지만, 힘이 되어 줄 거라고는 생각했었다.

너무나 간단하게 '잘 가라' 라니. 솔직히 이럴 줄은 몰랐다. 야마다 선배에 대한 실망으로 한층 더 불안해졌다.

"미안해. 유우야까지 끌어들여서."

쇼지가 말했다.

"신경 쓰지 마. 야마다 선배가 말하는 것처럼, 혼자서 끙끙대 봤자 좋을 게 없잖아? 마음을 편히 가지자고."

쇼지의 어깨에 손을 얹고 일부러 밝은 목소리로 말했다. 내가 봐도 무리하게 폼 잡는 거라고 느껴지긴 했지만 여기서 기가 죽으면 두 사람 모두 더더욱 침울해질 것은 알고 있었다.

"어떻게든 될 거야. 정말 안 되겠다고 생각되면 그땐 선생님께 말씀드리면 되지 뭐. 괜찮아, 괜찮아."

"응……."

"좋아, 가자."

다시 고개를 숙이려는 쇼지의 등을 떠밀며 걷기 시작했다.

괜찮아, 괜찮아.

나 자신에게 그렇게 몇 번이고 말했다.

괜찮아. 괜찮아. 그렇게 큰 일도 아니라니까.

몇 번이고 말했다. 무리를 해서라도 그렇게 말하지 않으면 가슴이 떨려서, 숨이 막힐 것만 같았다. 마음에 큰 돌이 얹혀서, 점점 가라앉는 느낌이 들었다.

쇼지에게 보이지 않도록 유우야는 살짝 고개를 흔들어 보았다. 나쁜 쪽으로만 생각하면 안 된다. 쿠리타니들도 내일이 되면 의외로 웃어넘겨 줄지도 모르고……

그래, 이것저것 쓸데없이 걱정하는 것보다 일단 해 보는 것이 의외로 좋은 결과를 가져온다는 의미의…… 속담이…… 그래, 아이 낳기를 걱정하는 것보다 실제로 낳는 것이 쉽다.

거기까지 생각하자 유우야는 스스로를 격려하기 위해 등을 쭉 펴 보았다. 이것은 놋치로부터 직접 전수받은 비기다.

고민하거나, 침울해지거나 할 때에는 등을 쭉 펴고 되도록 먼 곳을 본다.

'고개 숙이고 있을 때보다는 훨씬 기운이 난다고.'

놋치가 말하면 묘하게 설득력이 있었다.

등을 쭈~욱 펴고, 먼 곳을 본다. 그리고 스스로에게 말한다.

괜찮아. 괜찮아.

하지만, 괜찮지 않았다. 걱정하는 것보다 실제로 하는 것이 쉽지는 말처럼 않았다.

다음날 아침부터 쿠리타니 패거리들의 집요한 괴롭힘이 시작되었던 것이다.

처음에는 아침에 등교하고 얼마 지나지 않아 승강구에서였다.

"안녕~ 후카사와."

쿠리타니는 인사와 함께 나의 어깨를 뒤에서 껴안았다.

“오늘도 날씨 좋지? 기분은 어떠냐?”

쿠리타니였다. 어느 정도 각오는 하고 있었지만 몸이 굳어지는 것은 어쩔 수 없었다. 심장 고동이 빨라지기 시작했다.

“있잖아~ 후카사와에게 할 말이 있는데……”

어느새 옆에 이시하라와 히로노세가 와 있었다.

“할 말이라니……”

“그래, 쇼지 말인데, 녀석, 부모님이 준 학원비를 잃어버린 모양이야. 봉투째 잃어버렸다지 뭐야?”

거짓말이라는 것은 금방 알 수 있었다. 거짓말이건 진짜건 쿠리타니들에게는 상관없는 일이라는 것도 알 수 있었다.

“그래서, 우리들 모두 나눠서 내주기로 했는데, 후카사와도 협조 좀 해 줬으면 좋겠는데.”

이시하라가 손가락 세 개를 폈다.

“우선 3만 엔만 내면 어때?”

쿠리타니는 싱글싱글 웃고 있었다. 이시하라도 히로노세도 웃고 있었다. 아침 햇살이 세 사람의 웃는 얼굴을 비추고 있었다. 언뜻 보면 재미있는 이야기라도 하면서 웃고 있는 것으로 보일지도 모른다. 내 어깨를 두른 쿠리타니의 팔에 힘이 가해졌다.

처음이 중요해.

야마다 선배의 말이 머릿속에 문득 떠올랐다.

그래, 처음이 중요한 거야.

"싫어."

"하? 싫다고?"

"그런 큰돈은 없어."

"후카사와, 너 정말 냉정하구나? 뭐, 좋아. 그럼 이 얘기는 없었던 걸로 하자. 어쩔 수 없네. 너희들 우정은 겨우 이 정도였구나?"

키득키득.

쿠리타니가 웃었다.

연습이라도 한 건지, 이시하라도 히로노세도 완전히 똑같이 웃고 있었다.

키득키득. 키득키득.

"후카사와가 냉정한 녀석이란 건 잘 알았어. 그렇지만 따로 또 할 얘기가 있지."

갑자기 쿠리타니의 목소리가 낮아졌다. 동시에 옆구리에 날카로운 통증이 느껴졌다.

윽.

쿠리타니의 주먹이 옆구리를 세게 누르고 있었다. 어깨를 꽉 잡혀 있는 탓에 무릎을 꿇을 수도 없었다.

"5만 엔을 준비해."

낮은 목소리가 귓속으로 파고들어 왔다. 가시가 돋친 목소리였다. 남자 어른에게 협박당하면 이런 느낌일까. 그렇게 느끼는 것만으로 몸이 움츠러든다. 마음도 움츠러든다.

"5만……."

"화요일까지 기다리겠어. 반드시 가져와라."

갑자기 유쾌하게 웃고는 쿠리타니는 유우야의 등을 두들겼다. 꽤나 센 힘이었다. 뼛속까지 아픔이 배어 왔다.

"자, 먼저 간다, 후카사와. 앗, 선생님, 안녕하세요?"

"오, 안녕. 하하, 너희들 오늘도 기운이 넘치는구나."

"그럼요. 기운이 넘치죠. 날씨가 좋아서 왠지 기운이 솟아오르는 느낌입니다."

"그래. 날씨 하나는 정말 좋구나."

"이런 날은 체육만 하면 좋을 텐데요"

"허허, 쿠리타니, 그렇게는 안 되지."

학생 주임인 에지마 선생님이 껄껄 웃으며 말하는 소리가 들렸다. 쿠리타니들도 순진해 보이는 웃음 소리를 내면서 웃고 있었다.

등골이 서늘해졌다.

에지마 선생님뿐 아니라, 이 학교의 선생님들에게 있어 쿠리타니는 설명이 필요 없는 '괜찮은 학생'이었던 것이다. 어제,

쇼지에게는 정 안 되면 선생님께 말씀드리면 된다고 위로하긴
했지만……

이래서는 무리일지도 모른다.

유우야는 아직도 통증이 가시지 않은 옆구리를 눌렀다.

쿠리타니를 믿고 있는 선생님들이 나나 쇼지의 말을 그대로
믿어 줄까?

믿는다고 해도 쿠리타니에게 속아 넘어가 버리진 않을까?

지끈지끈하면서 옆구리가 아팠다.

왠지 정말로 엄청나게 일이 커져 버렸다.

그날도, 그리고 주초인 오늘, 월요일도 쿠리타니들은 교묘하
고 집요하게 유우야를 계속 괴롭혔다. 일부러 발을 걸어 넘어뜨
리거나, 체육복에 몰래 진흙을 발라 놓거나, 실내화 안에 유리
조각들을 넣어 놓는 등등…… 계속해서 유우야를 공격해 왔다.
들들 볶았다.

‘들들 볶다’ 라는 조금 과장되고 오래된 그 말이 정말 딱 맞는
단어였다.

"후카사와, 5만 엔이야."

"준비 안 하면 알아서 하라고."

"죽여 버린다."

"확 죽어 버려!"

쿠리타니 패거리들은 옆을 지나가면서, 혹은 아무렇지도 않은 듯이 다가와서는 말만으로도 나를 가지고 놀면서 계속해서 괴롭혔다.

오늘 점심시간에는 주위를 둘러싸고 서로 이야기를 하는 척하면서, 옆구리와 복부를 쥐어박고, 발등을 밟았다. 혹은 팔이나 허벅지를 꼬집었다. 아프지만 멍이 들 정도는 아니다. 증거를 남기지 않을 작정인 것 같다.

어쩌면 이렇게 능숙할까.

감탄할 정도였다. 동시에 각오하고 있었던 것 이상으로 무서운 녀석들에게 찍혀 버렸다는 생각에 마음이 싸늘하게 식어 갔다.

그러나 유우야의 마음을 더 싸늘하게 식어 버리게 한 것은 쿠리타니의 행동뿐만이 아니었다. 쇼지의 태도가 이상했던 것이다.

유우야 쪽을 보려고도 하지 않았다. 눈을 마주치려고도 하지 않았다. 말을 걸려고 하면 딴청을 피웠다.

온몸으로 거부하고 있었다. 어제의 쇼크로 겁이 나서 그런 걸까 하고 생각했지만 월요일도 똑같았다. 유우야를 계속 무시하는 것이다. 점심시간에도 방과 후에도 어느 틈에 모습을 감춰 버리고, 도서실에도 오지 않았다.

뭐야, 이 녀석.

마음이 분노와 불안과 초조로 흔들렸다.

어떤 곤란한 상황에라도, 아니, 곤란한 상황이기 때문에 혼자가 아니라고 생각하는 쪽이 힘이 된다. 누군가와 함께라고 생각하면, 용기도 희망도 쉽게 생기는 법이다. 곤란한 상황에서 빠져나가는 길을 발견할 가능성도 높아진다.

그런데도…….

쇼지는 완전히 유우야를 피하고 있었다.

"어라? 마노, 또 안 오는 거야?"

도서실에 가자, 야마다 선배가 유우야 옆의 빈 공간을 흘긋 쳐다보면서 눈썹을 찡그렸다.

"네…… 왠지……."

"뭐가?"

"저를 피하는 것 같아요."

"피한다고?"

"그래요. 어째서인지 몰라도 절 무시하고, 말도 걸지 않고, 말을 걸어도 딴청을 피우고…… 제길…… 대체 왠지 모르겠다고요! 열 받아."

말을 꺼내니 점점 더 화가 치밀어 올랐다.

쇼지, 어쩔 작정인 거야.

"흐~응, 피하고 있다고? 아, 이거 좀 부탁해. 인덱스 별로 좀

나눠 줘."

책더미가 안겨졌다. 코로 종이 냄새가 확 들어왔다. 조금 힘이 났다. 잠깐 동안, 유우야는 책 정리에 열중했다.

"야마다 선배~."

일이 거의 끝났을 때, 야마다 선배에게 말을 걸어 보았다.

"응?"

"하늘을 보는 게 효과가 있나요?"

"응?"

"예전에 말씀하셨잖아요. 혼자 고민하지 말고 하늘을 보라고."

"아…… 그거? 응, 괜찮다고 봐. 해 보면 어때?"

야마다 선배는 이미 책에 완전히 정신이 팔려, 페이지에 시선을 고정시킨 채로 건성으로 대답했다.

역시, 도움은 안 되는구나.

한숨이 나온다.

하지만 방과 후에 옥상에 올라가 봐야겠다고 생각했던 건 야마다 선배의 말 어딘가에 신경 쓰이는 구석이 있어서일 것이다.

확실히 옥상의 철망에 매달려 석양이 질 때의 거리 풍경이나 빨갛게 물들어 가는 하늘을 바라보고 있을 때면 아주 약간이지만 마음의 짐이 덜어지는 듯했다. 아주 약간······.

하지만 쿠리타니들은 여기까지 쫓아왔다. 쿠리타니네 무리는 뭐, 됐다. 어차피 집요하고 잔인하고 악마 같은 놈들이니까.

하지만 왜 쇼지는······.

"너 정말 최악인 놈이었구나."

고개를 숙이고 있는 쇼지에게 욕을 퍼부었다. 머릿속이 뜨거웠다.

이렇게 배신하다니, 용서할 수 없어.

"너 정말 이런 놈인줄 몰랐어! 비겁한 놈!"

일어서서 숨을 들이쉬었다. 분노 때문에 머리가 핑핑 돈다. 쿠리타니들은 이미 멀리 가 버렸는지 발소리도 목소리도 이젠 들리지 않았다.

"유우야······ 저기."

"됐어, 이제 됐다고. 너 같은 놈하고는 다신 말하고 싶지 않아. 어서 쟤네들이나 따라가!"

"유우야······."

"빨리 쿠리타니나 쫓아가라고! 녀석이 무섭지? 그래도 이렇든 저렇든 네 말만 잘 들어주면 되는 거 아냐? 난 이제, 너 따원……."

"자, 거기까지."

팡팡 하고 손뼉을 치는 소리가 들렸다.

"야마다 선배……."

정수조 그늘 아래서 나온 것은 야마다 선배였다. 다시 한 번, 크게 박수를 쳤다.

"자, 거기까지. 그 이상은 목구멍 속으로 삼키라고, 유우야."

"야마다 선배…… 계속 숨어 계셨던 건가요?"

"이봐, 잠깐. 사람이 듣고 있는데 그렇게 말하면 실례잖아. 여긴 독서실 다음으로 가장 내 마음에 드는 장소야. 방과 후에는 대부분 멍하니 누워 있긴 하지만. 아, 시기적으로 좋을 때만 그러고 있어. 역시 한여름이나 한겨울엔 아무래도 힘들어서."

"저, 그럼 아까부터……."

"응~ 뭐 그냥 어쩌다 보니 들려왔어. 저건 꽤 지능범인데. 누굴 왕따시키는 일이 상당히 능숙한 애들인걸. 거의 프로라고 해도 좋을 정도?"

"왕따시키는 일이 프로라니, 그렇게 농담처럼 말하지 마세요."

"이봐 이봐, 너무 화내지 말라고. 기분 좀 풀어."

"저런 꼴을 당했는데 하하거리며 웃을 순 없잖아요. 저 녀석들 정말 치사한 녀석들이에요. 다른 사람들이 모르게끔 할퀴거나, 발을 밟거나, 주먹으로 치거나 하니까……."

유우야는 쇼지를 쳐다보며 입술을 깨물었다.

"설마 쇼지까지 저 녀석들하고 한패가 될 줄이야."

"그건 아닌 것 같은데……."

야마다가 눈을 가늘게 떴다.

"네? 아니라뇨?"

"녀석들은 프로라고 말했지? 후카사와를 괴롭히기 위해 여러 가지로 손을 쓰고 있어. 몸에만 상처를 내는 것이 아니라 마음에도 상처를 내려고 하지."

야마다는 주먹으로 자기 가슴을 가볍게 두들겼다.

"아무리 음험하게 괴롭혀도 너희들 두 명이 함께한다면 괴롭히는 효과는 줄어들지. 둘을 떨어뜨려 놓고 신뢰감을 끊어 버리면 효과는 커지는 거야. 그렇지, 후카사와? 너, 마노에게 배신당했다고 생각했을 때가 제일 괴롭지 않았어?"

확실히 그랬다.

"이봐 마노. 너, 저 녀석들이 뭐라고 하지 않았어? 말을 안 들으면 후카사와를 죽도록 패 주겠다든지, 그렇게 말했을 것 같은데?"

유우야는 눈을 크게 뜨고 야마다를 쳐다보다 쇼지에게 눈을

돌렸다. 목 언저리에서 삐걱거리는 소리가 나는 것처럼 느껴
졌다.

"……쇼지…… 그런 거야?"

쇼지는 공기가 부족한 붕어처럼 눈을 아래로 내리깐 채로 거
칠게 숨을 몰아쉬고 있었다.

"쇼지. 어떻게 된 건지 말 좀 해 봐."

쇼지의 어깨를 붙잡고 흔들었다.

"이봐, 그렇게 흔들면 마노가 혀를 깨물 수도 있다고. 얘기하
고 싶어도 못하겠다."

야마다가 웃었다. 유우야는 한숨을 쉬고 손을 놓았다.

"얘기해 줘, 쇼지…… 부탁이야. 진실을 말해 줘. 난 정말 알
아야겠어."

"아…… 그치만……."

"저기, 그렇게 눈치만 보는 건 이제 그만하자고. 응? 쇼지. 나
도 진정하고 얘기할 테니까, 너도 얘기를 해 줘."

쇼지가 턱을 당기고 주먹을 꼭 쥐었다.

"……응. 목요일 저녁 때 쿠리타니한테 전화가 와서…… 유
우야하고 한 마디라도 하면…… 유우야한테 어떻게 할지 두고
보라면서…… 연락도 하지 말라고 해서…… 나, 어떻게 해야
될지 알 수가 없어서…… 전화를 하려고도 생각해 봤지만, 만

약 쿠리타니한테 들키면 어쩌나 해서……. 미안해, 유우야. 나 정말, 약해 빠져서…… 유우야는 날 지켜 줬는데, 난…… 유우야를 지킬 수 없어서……."

쇼지의 눈에서 눈물이 한 방울 떨어져 내렸다. 눈물이 난 게 부끄러웠는지 얼굴이 빨갛게 물들었다.

"거 봐. 잘됐네, 후카사와."

야마다가 싱긋 웃었다. 왠지 여러 가지 방법으로 웃을 수 있는 사람이라는 생각이 들었다. 나도 모르게 감탄해 버리고 만다. 감탄하고 있을 때는 아니었지만 야마다의 미소에는 왠지 무조건적으로 사람을 끌어들이는 무언가가 있었다.

"마노는 너를 배신한 게 아니라 지키려고 한 거야. 뭐, 내 생각을 솔직히 말하자면 유우야한테 전화를 해서 사실대로 이야기를 한 다음 대책을 생각했으면 좋았을 텐데."

"……무서웠어요. 쿠리타니들한테 들켜서 유우야가 얻어맞으면…… 상상하니까 무서워져서 걔네들이 말하는 대로만 하게 되고……."

쇼지가 손등으로 눈물을 닦았다.

"사고력이 떨어지는 거지. 사람이 궁지에 몰리면 평상시 같은 냉정한 판단을 할 수 없게 돼. 그래서 상대가 원하는 대로 질질 끌려가는 거야."

"대체 왜 그런 거야!"

유우야는 외쳤다. 감정이 소용돌이치다가, 서로 부딪치면서 흩어진다. 흉폭이라고 불러도 좋을 만큼 격렬한 감정에 휩싸여, 몸도 떠오를 것만 같았다.

가지런히 놓여 있던 화분을 발로 걷어찼다.

높이. 더 높이.

외쳤다. 아니, 울부짖었다는 표현이 차라리 적당할 정도였다.

태어나서 지금까지 이렇게 격렬한 감정은 느껴 본 적이 없었다. 격해진 마음 때문에 다른 일을 잊어버린 것도 처음이었다.

비겁해. 비겁해.

이런 식으로 사람을 가지고 놀다니. 궁지에 몰다니. 궁지에 몰아넣고 히죽히죽 웃고 있다니 정말 비겁하기 짝이 없는 녀석들이다.

몸 전체를 뚫고 폭풍이 휘몰아치는 것 같았다. 윙윙거리는 바람 소리가 들린다. 쿠리타니를 용서할 수 없다. 이시하라를, 히로노세를 용서할 수 없다. 그리고 쇼지를 끝까지 믿어 주지 못했던 나 자신을 용서할 수 없다.

숨이 턱에 찼다. 심장이 터질 듯이 빠르게 뛰었다.

"화분에 화풀이해 봤자야. 그만두도록 해."

야마다는 평소처럼 태연하게 말하고는 화분 파편을 하나하나

주워 모아 한군데로 모았다.

"이런 걸 그 녀석들이 또 보면 이렇게 말할걸? '너, 학교 비품을 부쉈겠다?' 하고 말야. 그렇지? 후카사와, 마노."

야마다 선배가 앞머리를 쓸어 올렸다.

의외로 날카로운 눈초리가 유우야와 쇼지를 향했다.

"지금 너희들에게 중요한 건 침울해 있는 것도, 우는 것도, 분노에 미쳐서 무언가에 화풀이하는 것도 아니야. 냉정해지는 거지. 냉정하고 침착할 것. 머리를 식히고 생각해. 그렇게 하지 않으면 상대편 페이스에 말려들어서 점점 구석에 몰릴걸."

냉정하고 침착하게.

"그런 건 무리예요……."

또다시 숨이 가빠왔다. 이마에 맺힌 땀을 훔치고, 유우야는 다시 말했다.

"무리예요. 냉정하게 행동하라니, 안 돼요."

"그래?"

야마다가 어린아이처럼 고개를 갸우뚱했다. 눈빛이 다시 부드러워졌다.

"내가 보기엔 후카사와도 마노도 평소엔 냉정한 타입이잖아? 후카사와, 평소와는 전혀 다르게 화를 그렇게 내다니. 지금처럼 그런 적 별로 없었지?"

“……처음……이에요.”

“그렇지? 마노도 지금은 머리가 안 돌아가겠지만 차근차근 생각하는 걸 좋아하지?”

“네. 어느 쪽이냐면…… 이것저것 생각하는 걸 좋아해요.”

“응, 응. 좋아, 좋아. 그럼 두 사람 다 냉정하게 대처해 보자. 어디까지나 냉정하게 대처할 것. 냉정해지지 않으면 절대 보이지 않는 것도 있어. 그게 포인트야. 잘 기억해 두라고.”

야마다 선배가 손가락을 하나 세워 보였다.

냉정하게 생각하면, 뭐가 어떻게 해결되는 걸까. 뭐가 보이게 되는 걸까. 내일도, 모레도 쿠리타니 패거리의 괴롭힘은 계속될 텐데.

“저…… 냉정한 건 좋지만…… 그렇게 하면 무슨 해결책이라도 생길까요?”

쇼지가 유우야의 가슴속에 맺혀 있던 말을 해 주었다.

“아마도.”

“어떤 방법이?”

“그건 모르지.”

유우야와 쇼지는 얼굴을 마주보았다.

쇼지와 눈을 마주치는 게 상당히 오랜만인 듯한 느낌이 들었다.

"……모르신다고요?"

노골적으로 낙담한 표정을 지어 보였지만 야마다는 전혀 신경 쓰는 것 같지 않았다.

이 사람, 대체 도와주려고 하는 걸까, 내버려 두려고 하는 걸까.

"자, 심호흡, 심호흡."

갑자기 야마다 선배가 손을 들었다.

"들이마시고, 내쉬고, 들이마시고, 내쉬고."

엉겁결에 심호흡을 해 버렸다. 왠지 이상했다. 유우야보다 쇼지가 한 발 먼저 풋 하고 웃음을 터뜨렸다. 한 박자 늦게 유우야도 웃어 버렸다.

"응, 좋아, 좋아. 웃을 수 있다는 건 여유가 생겼다는 거니까. 뚜껑이 열리면 우선은 심호흡부터 하는 거야. 그리고 웃어 볼 것. 이렇게 하면 의외로 마음이 가라앉으니까 말이야. 그럼 자, 여기 앉아 봐."

바닥에 앉고 야마다 선배는 발치에 아무렇게나 던져 뒀던 가방에서 노트를 꺼냈다. 보기에도 평범한, 대학 노트라고 불리는 노트였다.

"너희들 말이야, 저 녀석들 얘기를 누구한테 상담할 생각이야? 어른들한테. 선생님이라든가, 가족이라든지."

다시 한 번 쇼지와 얼굴을 마주보았다. 고개를 저었다.

알리고 싶지 않았다.

가족들에게는 알리고 싶지 않았다.

정말 그렇게 생각했다.

누나들의 얼굴이 떠올랐다. 여동생, 아버지의 얼굴이 떠올랐다.

말로는 잘 표현할 수 없었지만, 알리고 싶지 않았다. 걱정 끼치고 싶지 않았다. 내 고민이나 상처를 내보이고 싶지 않았다.

걱정 끼치고 싶지 않아……. 걱정하는 모습을 보고 싶지 않아. 신경 쓰게 하고 싶지 않아. 시끄럽게 만들고 싶지 않아. 동정 받고 싶지 않아.

꼭 얘기해 줘.

하루카 누나가 말했었다. '응' 하고 고개를 끄덕였었다. 그렇지만 역시 얘기할 수 없었다. 이런 걸 '프라이드'라고 하는 걸까.

"그래? 사실은 누군가 믿을 수 있는 어른에게 상담하는 게 제일 빠르긴 한데. 그런데 어른에게 상담하는 게 말처럼 그렇게 간단하지는 않지. 신경 쓰지 않으면서, 안심하고 상담할 수 있는 어른이란 게 멸종 위기에 처한 동물들만큼 만나기 힘든 거니까. 음~ 그렇다면."

야마다 선배의 손가락이 샤프펜슬을 빙글 돌렸다. 꽤나 능숙한 손놀림이었다.

"그렇다면 스스로 뭔가 해야 된다는 얘기군. 뭐, 너희들은 둘이니까 그만큼 편할 거야."

"편하다고요?"

지금 상황이 편하다고는 도저히 말할 수가 없었다.

"편하다니까. 혼자보다는 훨씬 편해. 저쪽도 그런 걸 아니까 너희들을 이간질해서 떨어뜨려 놓으려 한 거지. 보면 몰라?"

"둘이라면 편한 건가요……."

"그래. 혼자면 역시 힘드니까 그렇게 끝까지 무리하지 않는 편이 좋아. 빨리 SOS를 외치는 편이 좋지. 하지만 뭐 둘이라면……."

"어떻게든 되나요?"

"모르지."

"그렇게 노골적으로 어이없는 표정 짓지 말라니까. 후카사와는 너무 얼굴에 그대로 나온다니까. 그리고 마노는 너무 쉽게 낙담해. 그런 걸 녀석들은 정말 재미있어한다고. 반응이 솔직하게 돌아오잖아. 거꾸로 말하면 반응하지 않고 그냥 두면 재미없어서 그냥 손을 떼는 경우도 그렇게 없진 않아. 있기는 있어. 이번엔 그렇게 쉬운 상대는 아닌 것 같지만 말이야. 그런데 너희들, 돈 가지고 있어?"

“돈…….”

몸이 갑자기 쭉 펴졌다. 쇼지도 옆에서 숨을 들이마셨다.

“아, 아냐, 아냐. 내가 삥을 뜯는다는 말이 아냐. 노트를 살 돈이 있는지 물어보는 거야.”

“노트?”

“그래. 복! 수! 노! 트!”

“복수(複數)요? 노트가 여러 개에요?”

“엥? 아냐, 아냐. 단수(單數), 복수(複數) 할 때의 복수가 아니라고. 너 정말 순진하구나. 복수(復讐), 원수를 갚는 것 말이야. 리벤지(revenge). 복수 노트.”

“복수 노트?”

복수와 노트가 잘 매치가 안 되는 느낌이다.

“노트 값이니까 200엔 정도만 있으면 되잖아. 아무 거라도 상관없어. 쓰기 편하다면 말이야.”

“뭘…… 쓰는 거죠?”

쇼지가 우물거리면서 물었다. 야마다 선배가 앞으로 무엇을 말하려고 하는 건지 유우야에게는(쇼지에게도) 전혀 예상이 되지 않았다.

“복수 계획.”

“복수 계획?”

“그래. 너희들 저 녀석들한테 복수하고 싶지? 아니야?”

“그야…….”

“속이 뒤집힐 정도로 화가 나지?”

“그야…… 그렇죠.”

“가엾은 화분에 화풀이를 해서 부숴 버릴 정도로 화를 냈잖아.”

“……나중에 꼭 변상할 거예요.”

“아니, 뭐 그건 괜찮아. 내 것도 아닌데 뭐. 단지 아까도 말했던 것처럼 감정적이 되면 상대에게 약점을 잡히기 쉽지. 그걸 조심해야 해.”

“휴. 그렇지만…… 좀처럼 냉정해지기가 힘들어서…… 보통 녀석들도 아니고…… 역시, 초조해지고 침울해지는 게 당연한 게 아닐까……요…….”

딱 하고 건조한 소리가 났다. 야마다 선배가 손가락을 울렸다.

“그러니까 노트가 있는 거야.”

“네?”

“설명해 줄게. 한 번만 말할 테니까 잘 들어.”

야마다 선배가 헛기침을 했다. 유우야는 모르는 새에 점점 몸을 앞으로 내밀고 있는 자신을 깨달았다. 쇼지도 완전히 똑같은 자세로 야마다 선배를 쳐다보았다.

"너희들은 저놈들한테 심한 괴롭힘을 당했어. 복수하고 싶지? 하지만 어떻게 할래? 똑같이 협박을 할 거야? 아니면 덫을 놔서 약점을 잡을 거야? 아니면 누군가한테 부탁해서 흠씬 패주길 원해? 아니면 몸 전체에 두드러기가 나도록 약을 몰래 타는 방법으로 할래?"

"그런 약이 있나요?"

"예를 든 거야, 예를. 너희들이 어떻게 복수를 하고 싶은지, 우선은 그걸 노트에 적는 거야. 낙서처럼 단어만 써도 상관없어. 머리에 떠오른 복수 방법을 하나부터 열까지 쓰는 거야. 그 다음엔 그걸 실현시킬 가능성이 높은 순으로 나열해 보는 거지. 그렇게 하면 '홀랑 벗기고 사자떼 속에 놔둔다' 라든가 '비행기의 꼬리 날개에 묶어서 뉴욕까지 날아가게 한다' 이런 건 마지막 순위로 돌아가겠지."

유우야는 몸을 돌려 쇼지를 보았다.

"그런 거 아마 저희들은 생각하지 않을 방법 같은데요. 그치, 쇼지?"

"응. 복수 계획이라기보다 거의 농담에 가까운데요……."

쇼지도 고개를 갸웃거렸다.

"그러니까 예를 든 거야. 실현 가능성이 없는 건 뒤로 돌리고 말이야, 실현 가능성이 제일 높아 보이는 계획을 두 개, 세 개쯤으로 압축해 가는 거야. 그리고 그 계획을 가지고 더 세부적인 사항까지 생각하는 거지. 그렇게 복수 계획이 세워지면 그걸 구체적으로 어떻게 실행할지를 생각해. 되도록 치밀하게 말이야. 결코 실패하지 않으면서도 효과적으로 복수할 수 있는 방법을 생각하는 거야."

결코 실패하지 않으면서 효과적으로 복수할 수 있는 방법…… 복수에 대한 강의라도 받는 느낌이다.

"그래서…… 저, 만약, 복수 계획이 다 세워지면?"

쇼지의 몸이 바짝 긴장하는 게 보였다. 한층 더 가느다란 목소리로 말했다.

"……실행하는 건가요……."

야마다 선배는 긍정도 부정도 하지 않았다.

"우선은 써 봐. 그렇게 깊게 생각하지 말고."

내일 날씨를 말하는 것처럼 야마다 선배는 단정적으로 말했다.

생각하지 않을 수가 없잖아.

마음의 소리가 들렸을 리가 없었을 텐데도 야마다 선배는 얼굴을 찡그리고 고개를 저었다. 긴 머리가 귀 옆에서 찰랑거렸다.

"우선은 계획을 짜고, 쓴다는 게 중요해."

"그런가요……."

"그래. 뭐, 속은 셈 치고 한번 해봐. 별로 지금보다 더 나빠지 진 않을 거야."

지금보다 더 나빠지지 않는다…… 과연, 그렇구나. 고개가 끄덕여진다.

야마다 선배의 말은 담담했고 강요하는 말투가 아니었는데도 무의식 중에 고개가 끄덕여지는 무엇이 있었다.

"그치만, 유우야…… 돈…… 어떻게 해?"

쇼지의 말에 유우야는 신음 소리를 내고 말았다.

그렇다, 5만 엔.

내일까지 준비해.

쿠리타니의 목소리가 떠올랐다.

만약, 준비를 못한다면 어떻게 될까…….

"안 되겠어요. 야마다 선배…… 노트에 뭘 어떻게 써도, 결국 아무것도 해결이 안 되잖아요……."

"서두르지 말라니까. 난 내가 복수 노트로 만사가 잘될 거라 고는 말하지 않았어. 단지 지금 너처럼 비관적인 생각만 한다면 정말로 아무것도 해결되지 않을 거야. 스스로 자신을 몰아세우 지 말 것. 절망하지 말 것. 자포자기하지 말 것. 스스로 마음을 굳게 먹을 것."

야마다 선배의 긴 손가락이 하나씩 접혀 갔다.

"그걸 위해 나쁜 기운을 노트에 쓰는 걸로 빼내는 거야. 물론 그것만으로 현실적인 문제가 해결되진 않아. 후카사와는 내일까지 실제로 돈을 가지고 오라고 협박당하고 있고. 이제 이걸 어떻게 해야 할까."

접힌 손가락을 한꺼번에 펴면서 야마다 선배는 턱을 쓰다듬었다.

"어떻게 하면 좋을 거라고 생각해?"

"아니, 그건…… 어떻게 해야 될지 모르니까 이렇게 고민하는 거죠……."

"아, 뭐 확실히 그건 그렇지."

"야마다 선배……."

이 사람 정말 종잡을 수 없는 사람이네…… 하고 생각한다. 그렇게 생각하면서, 조금 전 옥상에서 하늘을 바라보고 있었을 때보다 마음이 가벼워진 것을 깨달았다. 그때는 혼자였지만, 지금은 셋이다. 상황은 바뀌지 않았지만 머리를 맞대고 어려운 문제를 풀려고 하고 있다는 데에 마음이 어쩐지 편안해졌다.

재미있는 장난을 시작하기 전의 기대감마저 약간 느껴질 정도였다. 우울하고 어두운 마음이었던 아까와는 전혀 다른 기분이다.

과연 혼자가 아니라는 건 이런 거구나.

"어떻게든 시간을 끌어 봐."

야마다의 시선이 유우야의 얼굴로 향했다.

"최소한 일주일 정도는 시간을 끄는 거야. 뭐든 그럴듯한 이유를 대라고. 할 수 있겠어?"

"……아마도 할 수 있을 거예요. 하지만 일주일 시간을 벌면 그 다음엔 어떻게 하지요?"

"찾는 거야."

"찾는다고요? 뭘요?"

"저 녀석의 약점."

"쿠리타니의 약점이요?"

"그래. 흔히들 말하는 복수. 저쪽이 날 위협한다면 나도 똑같이 해 주는 거야. 상대편의 약점을 잡는 거지. 그것만 확실히 잡으면 흐름은 이쪽이 주도하게 된다고. 그걸 위해선 우선 약점을 찾지 않으면 안 되지."

"탐정 같네요."

"뭐, 비슷하지. 상대를 알면 대책을 세우기 쉬워지고, 보다 현실적인 복수계획을 세울 수 있으니까."

"아, 그렇게 되는구나."

"그래. 마노."

이름을 불리자 쇼지는 몸을 쭉 펴며 대답했다.

“네.”

“넌 조금 참으면서 저 녀석들하고 어울리도록 해.”

“에…….”

“녀석들이 뭘 생각하고 있는지, 어떤 행동을 하고 있는지 관찰하는 거야. 어렵지는 않을 거야. 이야기하고 있는 걸 주의 깊게 듣고, 정보를 모으는 거지.”

“네, 저 가만히 듣는 건 자신 있어요.”

“좋아. 하지만 듣기만 하지 말고 착실히 기억해 둘 것. 넌 그다지 존재감이 없어서 탐정에 딱이야.”

“그거 칭찬인가요?”

“칭찬이야 칭찬. 눈에 잘 띄지 않는 건 중요해. 게다가 뭔가 탐문할 때 위협감이나 불쾌감을 주지 않으면서 상대방의 경계심을 늦추는 것, 이거 정말 큰 장점이라고.”

유우야는 쇼지의 가슴을 가볍게 쳤다.

“탐문이래, 탐문. 왠지 본격적인데?”

“조금 재미있어졌지?”

재미라기보다 희망이 솟았다. 뭘 어떻게 해야 할지 아직 감도 오지 않았지만 뭔가 바뀌지 않을까, 뭔가 움직이기 시작한 게 아닐까 하는 희망.

“그러고 보니, 노트뿐 아니라 수첩도 있어야겠네. 물론 필기

도구도."

야마다 선배는 일어서서 크게 기지개를 켰다.

"그만 가자. 너무 늦었어. 정문은 이미 닫혀 버렸을지도 몰라."

서쪽 산기슭은 아직 오렌지색으로 빛나고 있었지만 머리 위에는 벌써 별들이 빛나고 있었다. 이미 서로의 얼굴도 잘 안 보일 정도로 어두워져 있었지만 그것도 깨닫지 못할 정도로 이야기에 빠져들어 있었다.

바람이 유난히 차게 느껴졌다.

까마귀들은 이미 둥지로 돌아간 모양이었다. 하늘을 날고 있는 까마귀는 한 마리도 없었다.

"내일 방과 후에 다시 여기서 만나자. 그럼."

"야마다 선배."

얇은 가방을 겨드랑이에 끼고 야마다 선배가 돌아보았다.

"저…… 왜 저희들을 도와주시는 건가요?"

"돕다니? 난 그런 적 없는데."

"하지만 이것저것 상담해 주시거나 충고도 해 주시고……."

"아~ 아냐, 아냐."

야마다 선배의 마른 어깨가 상하로 움직였다.

"난 내 역할을 하고 있을 뿐이야. 신경 쓰지 마. 아, 그래도 사례로 라면 정도 사 준다면 당연히 환영이지. 일이 나중에 잘 풀렸을 때 얘기지만."

"역할이라뇨?"

다시 어깨를 움직이며 야마다 선배는 웃었다.

"후카사와는 정말 호기심이 강하구나. 탐정 소질이 다분한 걸. 내 역할에 대해서는 또 언젠가 말할 기회가 있겠지. 그럼 정말 간다."

야마다 선배의 뒷모습이 멀어져 갔다.

그 뒷모습이 시야에서 사라질 때까지, 어두운 길 위에서 유우야와 쇼지는 우두커니 서 있었다.

혼자가 아니야

노트를 펼친다.

오늘로 3일째.

푸른 표지의 링노트.

야마다 선배의 충고에 따라 쇼핑센터의 문구 코너에서 샀다. 그때까지 그다지 신경 쓰지 않았지만 노트는 정말 헤아릴 수 없을 정도로 많았다.

노트 하나하나마다 다 용도가 있을 테지만 복수 노트에 어울리는 노트는 어떤 걸까.

약간 생각하다가 파란색 링노트로 정했다. 깨끗한 가을 하늘 같은 파란색도 있었지만, 조금 더 진한 색, 깊은 바다 같은 파란

색으로 정했다. 갑자기 눈에 뛰어들어 온 파란색에 마음이 끌렸던 것이다.

옛날에 이것과 비슷한 노트를 본 적이 있었다. 그런 느낌이 들었다.

어디서? 언제?

"정했어?"

쇼지가 물어보는 말에 정신이 번쩍 들었다.

"응, 뭐. 그치만 노트 하나 고르는 게 이렇게 어려울 줄은 몰랐어."

웃어 보았다.

"그치? 계집애같이 보여서 조금 창피하긴 해도."

쇼지도 똑같이 미소 짓고는 마지막에는 약간 얇은 대학 노트를 집어 들었다.

유우야는 '두 개 사면 30% 할인!' 이라는 선전에 끌려 푸른색 노트와 얇은 녹색 노트를 한 권 더 샀다.

푸른 표지의 링노트.

나의 복수 노트.

막상 쓰려니 망설여졌다.

복수라니, 이제까지 한 번도 생각해 본 적이 없었다. 자기와는 전혀 인연이 없다고 생각했었다.

머리에 떠오른 복수 방법을 하나부터 열까지 쓰는 거야.

야마다 선배의 말을 떠올리면서 샤프펜슬을 쥐었다.

두근두근.

심장이 빠르게 뛰었다. 그 소리가 점점 크게 울렸다.

두근두근.

쿠리타니에 대한 분노가 다시 끓어올랐다.

폭력, 비겁함, 그 어두움과 잔인함…… 용서할 수 없다. 쿠리타니 녀석들을 용서할 수가 없다. 그리고 나 자신도 용서할 수 없었다. 그 세 명에게 둘러싸여 겁을 먹고 떨던 나 자신을, 위협당해서 눈물이 나올 것 같았던 나 자신을, 쇼지를 끝까지 믿어주지 못했던 나 자신을 용서할 수가 없었다.

용서 못 해. 용서 못 해. 용서 못 해.

나쁜 기운을 빼내는 거야.

야마다 선배는 그렇게 말했다.

점점 추스릴 수 없이 커지는 이 감정, 이 터질 듯한 감정에 구멍을 내서 기운을 빼내야 한다.

냉정하게 생각하자. 침착하게 현실을 받아들이자. 결코 절망하지 말자. 자포자기하지 말자. 나 자신을 잃지 말자. 몰아세우지 말자. 탈출구는 의외로 가까이에 있는 법이다.

유우야는 숨을 깊게 들이마시고 천천히 내뱉었다.

자, 해 보자.

복수 노트.

첫 페이지에 한자로 멋있게 쓰려다가 '수' 자를 모른다는 것
을 깨달았다. 사전에 손을 뻗어 찾으려다가 그만두었다.
그런 별 것 아닌 일은 아무래도 좋아. 어쨌든 써 보자.

복수 계획
① 사람을 물도록 매우 사나운 개를 훈련시킨다. 쿠리타니들에게 덮치라
　고 명령한다.
② 독침을 쏜다. 죽지는 않지만 얼굴이 퉁퉁 부어 고생하게 만들 독을
　침에 발라 쏜다.
③ 누군가에게 부탁해서 차로 치어 달라고 한다.
④ 많은 사람으로 둘러싸이게 해서 '죽어', '넌 정말 최악이야' 등 욕설
　을 퍼부어 준다. (원의 가운데에 똑바로 앉힌다.)

유우야는 펜을 놓고 잠깐 생각했다.
①번은 싫었다. 개가 불쌍했다. 사람을 덮치거나 하면 틀림없

이 죽고 말 것이다. 3년 전까지 개를 키웠었다. '펀치' 라는 이름의 비글종이었다. 정말 좋아했었다. 차에 치어 펀치가 죽었을 때는 정말 어떻게 할 수 없을 정도로 괴로웠다. 개를 복수의 도구로는 절대로 쓰고 싶지 않았다. 동물 학대다.

①위에 크게 ×를 그었다.

②번도 조금 무리가 있다고 생각했다. 독침을 쏘는 걸 쉽게 할 수 있을 리가 없지. 역시 ×.

③번도 ×. 부탁할 수 있는 사람이 떠오르지 않았다.

그럼 ④번?

이건 조금 현실적일지도 모른다. 반 아이들 모두에게 협조를 요청해서 쿠리타니들을 둘러싼 후 반성시키는 것이다.

울어도 용서해 주지 않는다.

절대로 용서해 주지 않는다.

"유우야, 목욕 안 하니?"

하루카의 목소리가 아래층에서 들렸다. 유우야는 노트를 덮고 서랍에 넣었다.

둘째 날에는 ④번 계획에 대해 조금 더 써 보기로 했다. 그날도 쿠리타니들에게 협박을 당했지만, 어떻게든 얼버무려서 일주일간 더 시간을 얻었다.

"부탁해. 일주일만 기다려 줘. 시골에서 할머니가 올라오시니까 어떻게든 부탁해 볼게."

손을 맞대고 비는 시늉을 했다.

"우리들에게 준다고 말하면 절대 안 돼. 알았지?"

"말 안 해. 우리 할머니는 아무것도 안 물어보고 주시는 편이야. 절대 들킬 염려 없다니까."

"흐~응."

의심스러운 표정은 지었지만 쿠리타니들은 어떻게든 납득한 모양이었다. 그렇지만 이자라는 명목으로 6만 엔으로 금액을 올렸다.

부탁한다고 고개를 숙이는 유우야를 기분 좋게 내려다보던 쿠리타니의 눈초리를 떠올려 보았다.

제기랄.

화가 나서 노트를 펼쳤다.

④번 항목을 손가락으로 훑었다.

많은 사람들로 둘러싸이게 해서 '죽어', '넌 정말 최악이야' 등 욕설을 퍼부어 준다. (원의 가운데에 똑바로 앉힌다.)

반 아이들한테 어떻게 협조를 구한다? 쿠리타니는 반에서도 인기가 높다. 그 가면을 벗기지 않으면 유우야의 말을 믿어 주지 않을 것이다.

그 옆에 파란 볼펜으로 추가로 써넣었다.

"거기서 좋은 생각이 떠오르지 않아서 그만뒀어요."

"과연. 어때, 마노?"

"네?"

"후카사와의 계획 말이야. 꽤나 현실적이지?"

"네. 하지만…… 확실히 어려워 보이긴 하네요."

"⑤번이나 ⑥번은 없어? 후카사와."

"일단은 머릿속에는 있지만…… 왠지 여러 가지 생각이 불쑥 불쑥 떠올라서……."

　야마다, 유우야, 쇼지.

　옥상에서 세 사람은 빙 둘러앉아 이야기를 했다. 방과 후라고 해도, 초여름의 햇살이 비쳐서 그늘진 곳에 있지 않으면 땀으로 흠뻑 젖을 만한 더위다. 운동장에서 운동부 부원들이 소리 지르는 것이 들려왔다.

　야마다 선배는 특유의 미소를 띠고 말했다.

　"많이 나아진 것 같군."

　"나아졌다고 하면 나아졌기도 하지만…… 뭔가……."

　"뭔가?"

　"내가 무척 무서운 사람이라는 게 느껴져요……. 밤에 노트를 쓰고 있으면 점점 더 심하게 끔찍한 상상을 해서, 정신 차려 보면 소름이 끼칠 정도예요."

　"자기가 정말은 잔인한 사람이라는 게 신경 쓰인다…… 이거야?"

　"예. 뭐……."

　'쿠리타니의 머리 위에 투포환을 떨어뜨린다.', '생매장해서 그 위에 비석을 세운다…….' 입 밖에 내는 것이 꺼려질 정도의 생각이 계속 떠올라서 무서워졌다.

야마다 선배의 말대로 스스로가 무척이나 잔인한 사람인 것만 같아서…… 무서웠다.

"왠지 복수 계획이라기보다 망상에 가까운 게 되어 버려서……"

"망상이 뭐가 어때서. 단지 망상으로 끝나는 게 아니라 착실히 써 보라구. 뭐, 어떤 의미에서는 자기의 어두운 부분을 직시한다는 의미도 있으니까."

"네. 나한테 기분 나쁘고 끈적거리는 뭔가가 있다고 생각하게 되어 버려요."

'타인을 미워한다', '상처 입히기를 바란다' 등의 잔혹한 말을 이것저것 계속 생각하게 된다.

그런 자기 자신에게 순간 소름이 끼치는 것이다. 창밖의 어둠이 창문을 뚫고 내 속으로 들어올 때의 공포와 비슷했다.

"왠지 나 자신이…… 무서워요. 멈출 수가 없을 것 같아서."

"그래?"

"……왠지 전에 봤던 영화의 잔인한 장면이라든지, 책에서 읽은 고문 장면들이 차례차례 떠올라서 그런 걸 계속 생각하자니…… 왠지 정말로 해 버릴 것만 같아서…… 정말 무서워요."

"침착해지지는 않고?"

"아뇨, 그런 게 아니라……"

유우야는 당황해서 고개를 저었다. 그렇지는 않았다. 복수 노트를 쓰고 있으니 겁에 질리고 화가 나서 꼼짝도 할 수 없었던 마음이 움직여 여유가 생겼던 것을 기억하고 있었다. 노트를 쓰지 않았다면 크게 숨도 못 쉬었을 것이다.

쓰는 것만으로도 긴장을 늦출 수 있었던 것이다. 해방감을 확실히 느낄 수 있었다. 단지, 동시에 내 안에 소용돌이치는 어둠을 보고 말았다.

이렇게까지 다른 사람을 미워할 수 있는 걸까. 이렇게까지 잔인한 일을 생각할 수 있는 걸까.

그것은 해방감을 훨씬 뛰어넘는 공포였다.

"그래…… 역시 하얀 노트도 필요하겠구나."

야마다 선배가 조용히 한숨을 쉬었다.

"하얀 노트?"

"응. 너 아까 기분 나쁘게 끈적거리는 어떤 거라고 말했지만, 인간이란 모두 그렇잖아? 그런 어두운 부분은 누구라도 가지고 있어. 그렇지, 마노?"

"네? 아, 네."

"그렇지만 밝은 부분도 분명히 있어. 그렇지? 그걸 쓰는 노트를 하얀 노트라고 하는 거야. 어두운 부분이 검정, 밝은 부분이 흰색."

"밝은 부분이라뇨?"

"내가 기분 좋은 부분, 기분 좋게 느껴지는 부분을 써 보는 거야. 예를 들어 학교에 가다가 엄청 귀여운 애가 말을 걸었다든지, 누군가가 내게 감사의 말을 해 줬다든지, 나를 진심으로 멋지다고 생각했다든지, 200만 엔이 들어 있는 지갑을 주워서 경찰에 갖다줬더니 10퍼센트의 사례금을 받았다든지, 이유는 없지만 왠지 기분이 좋다든지…… 좋다고 생각했던 부분 있잖아."

"뭐, 그렇게 듣고 보니…… 있기는 하지만. 그걸 쓰는 건가요?"

"그래, 그래. 메모 정도도 괜찮으니까 내가 기분 좋은 부분을 느끼기만 하면 돼. 내 안에는 어두운 부분만 있는 게 아니라는 걸 알기만 하면 되니까 말이야."

할인 행사 때문에 엉겁결에 사 버린 녹색 노트.

그게 있었지.

그걸 하얀 노트로 할까.

복수, 앙갚음, 원망…… 그런 것과는 관계없는, 조그마한 기쁨이나 발견을 써 볼까.

그러고 보니 오늘 아침, 마코 누나가 구워 준 바나나 케이크는 정말 끝내주게 맛있었다.

어제는 아빠가 엄마가 얼마나 멋진 여자였는지 구구절절이 말했다. 정말 애절한 말투여서 엄마에 대한 생각이 떠올라 순간 감상에 젖었었다. 그리고…… 쇼지나 야마다 선배와 이렇게 대화하고 있는 것도 의외로 즐겁다. 그런 이런저런 것들을 적어 볼까.

"마노는 복수 계획을 어떻게 세워 봤어?"

야마다 선배가 묻자 쇼지는 고개를 저었다.

"나는……."

정보 수집 쪽이 너무 바빠서 복수 계획을 세울 짬이 없었다고 한다.

"야마다 선배에게 들은 대로, 노트하곤 별도로 메모장을 사 봤어요."

검은 비닐 표지의 수첩을 팔랑팔랑 넘겼다.

"후카사와의 계획을 실행시키는 데 도움이 될 만한 정보가 있었어?"

"글쎄요……."

쇼지가 메모장을 넘겼다. 단정한 글자가 빽빽이 들어차 있었다.

"우선은 쿠리타니 말인데요. 가족은 다섯 명. 부모님과 고등학교 2학년인 형과 고등학교 1학년인 누나가 있어요. 전에 한 번, 쿠리타니네 집에 놀러 간 적이 있었는데, 굉장히 넓고 큰 집이었어요. 외제차가 두 대나 있다고 쿠리타니가 자랑했던 적이 있어요. 뭐라더라, 아버지가 회사를 경영하고 있고 부자인 모양이에요. 게임 같은 건 발매 되는 날 바로 사서 하다가 질리면 이시하라나 히로노세에게 빌려 주거나 그냥 줘 버리기도 하고, 용돈도 많이 받아서 마음대로 쓰는 듯해요. 역 앞의 게임 센터에 자주 가는데, 그럴 때마다 두 사람한테 사 주거나 게임비를 내 주거나 하니까요……. 그래서 이시하라나 히로노세는 쿠리타니와 같이 다니는 걸지도 모른다는 생각이 들었어요."

"진짜 친구는 아니라는 얘기로군."

"……특히 이시하라는 그다지 쿠리타니를 좋아하지 않아요. '저 자식, 열 받네' 라고 중얼거리는 걸 들은 적이 있거든요."

"쇼지."

유우야의 눈이 반짝 빛났다.

"왠지 너 진짜 탐정 같아. 정말 잘 조사했는데?"

"응? 아냐, 안 그래. 저번에 야마다 선배가 말한 것같이, 나는 그렇게 눈에 띄지도 않고 존재감도 없으니까. 왠지 모두들 나는 신경 쓰지 않고 뭐랄까, 있는 것도 잊어버린 채로 떠들어 대기도 해서……. 가끔 속내를 듣기도 해."

야마다 선배가 쇼지 앞에서 손을 흔들었다.

"아냐 아냐 아냐. 그거 정말 귀중한 자질인걸. 그러니까 마노는 정말로 탐정에 소질이 있어. 그럼 명탐정 제군들, 어떻게 할래? 주말에 모두 본격적으로 저 자식들을 조사해 보지 않겠어?"

"할게요."

"저도."

유우야와 쇼지가 동시에 말했다.

"코우키! 기다리렴! 코우키!"

높이 외치는 목소리와 함께, 호화스런 저택 안에서 쿠리타니가 뛰어나왔다.

"코우키! 코우키!"

이름을 계속 부르는데도 돌아보려고도 하지 않는다. 현관 옆에 기대어 세워둔 마운틴 바이크(정말 멋진 은색 프리라이드 용이었다)에 타고는 굉장한 기세로 모퉁이를 돌아 사라지고 말았다.

"기다리라니까, 코우키!"

몇 초 지나서, 열린 현관문에서 여자 한 명이 뛰어나왔다. 발이 접질렸는지 비틀거리며 문에 부딪쳤다.

긴 머리를 하나로 묶어 번쩍거리는 머리핀을 하고 있었는데,

발이 아픈지 곱게 화장한 옆얼굴을 찡그리고 있었다.

왠지 불쾌감을 필사적으로 억누르고 있는 듯한 표정이었다.

"어머니야?"

야마다 선배가 속삭였다.

"네."

쇼지가 대답했다.

유우야들은 쓰레기장의 그늘진 곳에 쭈그리고 있었다. 쓰레기장은 깨끗한 주택가의 한쪽으로 쿠리타니네 집과는 도로 하나를 사이에 두고 조금 위쪽 경사진 데에 있었다. 거기서 쿠리타니네 집을 망보고 있었던 것이다.

말이 망보기지, 사실은 도착한 지 십 분 정도밖에 되지 않았다.

"잠복이란 게 꽤나 근성이 필요한 일이라고 하던데……. 하루 종일 움직이지 않고 지켜보는 일도 자주 있는 모양이야."

"오늘 하루 종일 여기 있는 건가요?"

"설마. 쓰레기장에 젊은 남자 셋이 계속 쭈그리고 있는 건 '의심해 주세요' 하는 꼴이잖아. 잘못하면 경찰에 잡혀갈 수도 있다고. 뭐, 한 시간 정도면 되지 않을까?"

"한 시간이요?"

쓰레기장은 청결하게 관리되고 있는 듯 냄새는 전혀 나지 않

았고, 약간 서늘하기까지 했다. 그렇게 불편하진 않다.

좋아, 우선 한 시간은 여기서 참아 보자.

그렇게 각오하고 십 분 정도밖에 지나지 않았는데 쿠리타니가 바로 뛰쳐나와서 조금 기운이 빠졌다.

"응~ 오늘은 운이 좋은데그래."

야마다 선배가 유우야의 어깨에 손을 얹었다.

"좋아, 모처럼 찾아온 기회를 놓칠 순 없지. 가자. 후카사와, 그거 가지고 왔어?"

"아, 네."

신문부 완장을 꺼냈다. 감색 비닐 천에 신문부라는 세 글자가 하얗게 인쇄되어 있었다. 부실 비품 창고에서 잠깐 빌려 온 것이었다.

"응, 이거 좋아. 후카사와는 날 따라와. 마노는 얼굴이 알려졌을지도 모르니까 거기서 대기해."

완장을 차고 야마다는 벌떡 일어나 허리에 손을 짚고 목을 이리저리 돌렸다. 그리고는 시원스런 발걸음으로 문 뒤에 멍하니 서 있던 쿠리타니의 어머니에게 다가갔다.

유우야도 뒤를 따랐다. 발을 내딛으려 하는 순간, 쇼지의 손이 등을 가볍게 두드리는 것이 느껴졌다.

"실례합니다."

야마다 선배의 말에 어머니가 돌아보았다. 볼에서 턱까지의 선과 눈 언저리가 쿠리타니와 많이 닮아 있었다.

"죄송합니다. 잠깐 뭣 좀 여쭤 봐도 될까요? 여기가 1학년 3반 쿠리타니 코우키네 집인가요?"

"네? 아…… 그런데요……."

"아, 그래요? 저희들은 신문부 학생들인데요."

야마다 선배가 완장을 가리키며 말했다.

"신문부의…… 그런데 코우키에게 무슨 일로?"

"아뇨, 오늘은 쿠리타니 본인이 아니라 가족 분들과 인터뷰를 좀 하고 싶어서요."

"인터뷰?"

"네. 신문부에서는 매해 이 시기에 신입생 특집호를 만들고 있습니다. 각 반에서 남자, 여자 한 명씩을 대표자로 선정해 인 터뷰를 하는데요. 올해는 조금 방향을 바꿔서 본인뿐 아니라 가 족들의 인터뷰도 싣고 싶어서 이렇게 찾아뵈었습니다. 그래서 쿠리타니의 어머니께서 인터뷰를 해 주실 수 없을까 해서."

"뭐…… 하지만 왜 코우키가?"

"쿠리타니는 반에서도 분위기메이커로, 쾌활하고 믿음직스럽 다고 들었어요. 1학년 3반 대표로 딱이라고들 하던데요."

"아, 그래요?"

아들이 칭찬받는 것에 기쁘지 않은 부모는 없다. 어머니의 딱딱한 표정이 부드러워졌다.

"잘 부탁드립니다."

야마다 선배가 허리를 숙였다. 유우야도 당황해서 따라했다.

"뭐, 괜찮긴 한데…… 그래도 조금 바쁘니까, 여기서 간단하게 끝낼 수 있을까?"

"물론이죠. 오늘 쿠리타니는 집에 있나요? 가능하면 본인하고도 말을 하고 싶은데요."

"코우키는 학원에 갔어. 지금 막 나간 참이란다."

'아까의 쿠리타니는 학원에 가는 걸로 보이지 않았는데.'

그렇게 생각은 했지만 물론 말하지 않았다.

야마다 선배는 연필과 수첩을 꺼내서 무언가를 써넣었다.

"호오, 휴일 아침부터 학원이라…… 쿠리타니, 싫어하지 않나요?"

"……. 그렇지 않아요. 꽤나 기분 좋게 다니고 있는데……."

"스텝 진학 학원인가요?"

"어머, 잘 아네요."

"유명한 학원이니까요. 쿠리타니 말인데요, 그 밖에도 수영이나 영어 회화 학원도 다닌다고 들었는데요. 일주일이 좀 빠듯할 정도라면서요?"

이것은 쇼지에게서 들은 정보였다.

"글쎄. 하지만 요즘 중학생들은 다 그 정도는 하지 않나?"

"아, 그렇군요. 쿠리타니, 꽤나 노력파라고 생각되는데 어떤 특별한 교육방침이라도 있나요?"

"글쎄요. 교육방침이라기보다, 최선을 다하는 게 중요하지요."

야마다 선배가 고개를 끄덕이면서 뭔가를 써넣었다. 유우야도 따라서 메모장에 뭔가를 써넣었다.

"최선을 다한다~라~ 과연. 음, 제목은 노력파 쿠리타니의 저력, 뭐 이런 걸로 갈까? 역시 쿠리타니네는 가족들도 다 노력파신가 봐요?"

"그렇죠. 코우키의 형도 누나도 그렇고 나도 다른 사람들보다는 배로 노력하는 편이니까."

"형도 누나도 우수해서 Y학원 고등학교에 다닌다지요?"

이것도 쇼지에게서 들은 정보다.

"어머, 정말 잘 알고 있네요."

"특히 형 쪽은 전교 톱을 놓치지 않는다던데. 우리 중학교 졸업생이죠? 꽤나 유명해요."

"그래요? 마사히코가…… 유명해요?"

"그렇죠. 두 학년 아래인 제가 알고 있을 정도인데요."

야마다 선배는 부드럽게, 그리고 교묘하게 이야기를 끌어내고 있었다. 어머니의 어조가 점점 부드러워졌다.

"그래, 그렇죠. 그 애는 눈에 띄니까요."

"못하는 게 없나 보죠?"

어머니가 활짝 웃었다.

"지금도 그래요. 후후. 어머, 자랑같이 들리나? 그럴 생각은 아니었는데."

흐뭇한 미소가 번진다.

"예, 알지요. 그리고 쿠리타니, 코우키 말인데요."

집 안에서 소리가 들렸다.

"엄마, 엄마, 어디 있어요?"

어머니는 고개를 돌리고 "여기 있어~." 하고 쾌활하게 답변했다.

"그럼 저는 이만."

"아, 앗 조금만 더 이야기를 해 주셨으면 좋겠습니다."

"지금은 바쁘니까 뭐 적당히 써 줘요. 아, 그래도 너무 적당히 쓰면 안 돼요. 코우키의 좋은 점을 꼭 써넣어 줘요."

"어떤 것 말씀이세요?"

야마다 선배의 목소리가 살짝 낮아졌다. 어머니가 들어가던 발걸음을 멈췄다.

"네?"

"코우키의 좋은 점이란 어떤 점이죠?"

"에…… 뭐…… 그건 여러 가지 있죠."

"예를 들어?"

"엄마! 거기서 뭐 하시는 거예요?"

부르는 소리에 짜증이 배어나왔다. 어머니는 야마다 선배를 힐끗 보고는 말없이 집 안으로 사라졌다.

야마다 선배가 한숨을 쉬고 어깨를 움츠렸다.

"적당히 쓰되, 너무 건성은 안 된다……라. 어려운 걸 주문하시네. 그렇지? 후카사와."

"네."

"느낌이 어때?"

"……글쎄요."

어떻지?

유우야는 방금 코우키의 어머니가 사라진 문을 쳐다보았다. 육중한 느낌의 나무 문이었다. 괴물의 집에 있는 무거운 문짝 같은 느낌이었다.

아까 쿠리타니는 여기서 뛰쳐나왔다.

뛰어나가지 않으면 안 될 무슨 일이 있었을 것이다.

"그다지 편안……한 느낌은 아니었어요……."

"쿠리타니한테?"

"네…… 그런 느낌이 들어요. 저 어머니, 쿠리타니의 좋은 점을 결국엔 아무것도 말하지 못했으니까요."

"응. 생각해 보려고도 안 했지. 과연, 그다지 편하지 않을지도 몰라. 그런데 후카사와?"

"네?"

"너희 어머니라면 착실히 대답해 줄까?"

"저희 집엔 어머니가 안 계세요. 몇 년 전에 사고로 돌아가셔서……."

어머니가 안 계시다는 사실을 알리면 누구나 똑같은 표정으로 쳐다본다. 곤란한 듯, 시선을 어디에 두어야 할지 모르는 듯, 동정하는 듯한 표정…….

"아, 그래? 몰랐네. 메모하자. 메모."

야마다 선배가 수첩을 열고 무언가를 써 내려갔다. 표정엔 거의 아무 변화가 없었다.

"나를 조사하는 건가요?"

"뭐라도 새롭게 알게 된 사실은 적어 두지. 습관에 가까운 거니까 신경 쓰지 마."

"습관……인가요?"

"아, 지금 너 이상한 습관이라고 생각했지?"

"네? 아뇨, 그런……. 사실 조금 생각했어요."

"넌 정말 솔직하구나."

야마다 선배가 집게손가락 끝을 빙글 돌렸다.

"몰랐던 사실을 알게 되면 기쁘지 않아? 사람들에 관해서는 더욱더."

"……그런가요?"

"그래. 나는 기뻐. 그러니까 메모를 해 둬. '기쁨'의 스크랩인 셈이지. 무슨 말인지 알겠지?"

"조금 미묘하네요."

"미묘한 걸로 됐어."

야마다 선배는 팔을 하늘로 높이 뻗어 기지개를 켰다.

"자아, 그럼 지금부터 어떻게 하지? 어~이, 마노."

쓰레기장의 그늘에서 쇼지가 손을 들어 보였다.

"뛰어! 집합~."

쇼지가 웃으면서 달려왔다.

"너, 쿠리타니가 어디로 갔는지 대충 짐작이 가지?"

"……아마 게임센터일걸요. 아니면 공원……."

"공원?"

"요 앞에 작은 공원이 있어요. 가끔 거기 정글짐에 올라가서 멍하니 있는다고…… 그렇게 하면 마음이 편안해진다고 했던 걸 들었어요."

"쿠리타니가 그렇게 말했다고?"

"말했다기보단 혼잣말에 가깝죠. 저, 귀가 밝아서 들어버렸거
든요."

"이~야, 정말 대단한데그래? 마노 탐정님. 천부적이네, 천
부적."

"그런 게 아니라니까요."

야마다 선배가 머리를 쓰다듬자 쇼지가 큰 소리로 웃었다.

"어떻게 할래? 공원이나 게임센터에 가 볼래?"

유우야는 야마다 선배를 보았다. 그리고, 쇼지를 보았다. 유
우야는 잠깐 생각한 후 천천히 고개를 저었다.

"안 갈 거야?"

쇼지가 약간 고개를 갸웃거렸다.

"이제, 됐어."

"왜? 쓸쓸해 보이는 쿠리타니의 뒷모습을 볼 수 있을지도
모른다고. 설마 그런 게 싫은 거야? 갑자기 불쌍한 마음이 솟
아나?"

야마다 선배가 안경을 밀어 올렸다.

"동정 따위 안 해요. 녀석은 나쁜 놈이야. 의미 없이 남을 괴
롭히는 최악인 놈……. 어떤 사정이 있어도 그건 바뀌지 않는

다고요."

쿠리타니에 대한 혐오도 분노도 아직 충분히 가슴 속에 남아 있다. 용서할 수 없다는 마음도 아직 진정되지 않았다.

"하지만……."

"하지만?"

"왠지, 재미있다는 생각이 들어서."

"재미있다고? 쿠리타니가?"

"으~음. 뭐라고 딱 집어 말할 수는 없지만, 쿠리타니도 그냥 최악인 놈이 아니라, 꽤나 여러 사정이 있는 것 같고, 그게 재미 있다고 할까……."

야마다 선배가 웃었다. 장난을 생각해 낸 아이 같은 표정 으로.

"남자도 이래저래, 여자도 이래저래, 모두 이래저래란 말이 야? 그렇지? 이런저런 걸 알면 알수록, 여러 가지로 재미있어 지지?"

"그래요."

하얀 노트에 써 볼까.

문득 생각이 났다.

모두 여러 가지. 여러 가지를 알면 알수록 여러 가지가 재미 있어진다.

이 한 문장을 써 볼까.

역시 그것은 검은 노트가 아니라 흰 노트 쪽에 써야 할 문장일 것 같았다.

"복수 계획은 어쩔래?"

쇼지가 물었다. 코끝에 땀방울이 맺혀 있었다.

"이제 그만두는 거야?"

꽤나 미련이 남는 듯한 어조였다.

"쇼지는 그만두고 싶지 않아?"

다시 물어보았다. 쇼지는 입을 다물고 한동안 말이 없었다.

"……솔직히 복수를 할 수 있을 리가 없다고 생각했어. 하지만 어떻게든 하지 않으면…… 쿠리타니 패거리들의 협박을 어떻게 하지 않으면…… 원래는 내가 유우야를 끌어들인 거나 다름없고, 어떻게든 해야 된다고 생각하니까…… 하지만 어떻게 해야 될지 모르겠어서…… 내가 할 수 있는 건 정보를 모으는 것뿐이고, 그래서 꽤나 열심히 했어……. 저, 뭐랄까, 속죄하는 기분으로……. 하지만 지금은 재미있어……. 모두 머리를 맞대고 이것저것 생각하고, 잠복하기도 하고, 메모도 하고, 이야기도 하고……. 그런 게 즐거워서, 오늘도 즐겁지만…… 복수 계획을 실행하는 것보다 이렇게 모두와 함께 있는 게…… 더 즐거워."

"도서위원 다음으로 말이지?"

야마다 선배가 쇼지의 코를 손가락으로 가볍게 튕겼다.

"하지만 후카사와. 현실적으로 내일부터 어떡할 거야? 쿠리타니의 여러 가지 면들을 알았다고 해서 해결이 되는 건 아니야."

"그렇지요. 하지만 해 볼래요. 돈은 주지 않아요. 절대, 거부하겠어요. 쇼지와도 예전과 똑같이 지낼 거예요."

"괜찮겠어?"

"아마도요."

아마도. 야마다 선배가 말하는 것처럼 아무것도 해결되지는 않았다. 쿠리타니들은 집요하게 나를 들들 볶겠지.

하지만 지지 말자. 지지 않고 견딜 수 있을 것 같았다. 정말 손톱만큼이지만.

쿠리타니에게 동정은 하지 않는다. 하지만 약한 녀석이라고는 생각했다. 남을 괴롭혀야만 살 수 있을 정도로 약하다.

그런 약한 녀석에게 절대 지지 않는다.

그렇게 생각하는 거다.

"너무 무리하지 마."

야마다 선배가 이번에는 유우야의 코를 튕겼다.

"한계까지 무리하지 말라고. 아직 여유가 있을 때 도망쳐. 학

교에서 힘들면, 집에 가. 방에서 이불이나 뒤집어쓰고 자고 있으라고. 힘을 낸다는 게 항상 좋은 결과만 불러오지는 않아.”

“도망치게 되면 도서실로 갈게요.”

“아, 그거 괜찮을지도. 학교 안에도 잘 찾아보면 숨을 데가 많다니까. 무리하지 말고, 너무 힘내지 말고, 잽싸게 도망치는 거야.”

“그것도 중요한 요령인가요, 야마다 선배?”

“물론이지. 자, 그럼 집에 가자. 아, 완장 돌려줄게.”

“야마다 선배.”

“응?”

“왜 우리들에게 힘을 빌려 주시죠? 전에 역할이라고 말했었죠? 그게 무슨 말인가요?”

유우야를 내려다보면서 야마다 선배는 살짝 웃어 보였다.

“너희들 몰라? 우리 학교 비밀의 역사.”

“네? 그게 뭔가요?”

“너희들에게 가르쳐 준 복수 노트라든지, 왕따 대처 방법 말이야, 나도 사실은 선배가 가르쳐 준 거야. 1학년 때 조금 심한 왕따를 당했었는데, 그때 어떤 선배가 여러 가지를 나한테 가르쳐 줬지. 그 선배도 왕따를 당했을 때 그 위의 선배한테서…….
그렇게 해서 역사라고 말하기엔 좀 거창하지만, 조용히, 조용히 이어져 내려온 거야. 그러니까 나도 너희들에게 가르쳐 준 거지."

"그랬군요…… 야마다 선배도……."

침착하고 무슨 일이든 부드럽게 받아넘겨 버릴 듯한 인상의 야마다 선배도, 왕따 때문에 울었던 적이 있었던 걸까. 분노나 절망에 몸을 떨었던 때가 있었던 걸까.

"호기심 대왕 후카사와. 내 과거도 알고 싶어?"

야마다 선배가 우스워 죽겠다는 듯이 입을 일그러뜨렸다.

"아니요……."

무리해서 듣고 싶지는 않다. 하지만 이상했다.

인간이란 재미있으면서 이상하다. 간단하게 알 수 없는 면을 몇 개나, 몇십 개나 가지고 있다.

"그런데 나한테 사실은 계획이 있는데……."

야마다 선배가 목소리를 갑자기 낮추며 말했다.

"계획?"

"응…… 아무한테도 말 안 했는데…… 뭐, 괜찮겠지."

"뭔데요? 들려주세요."

몸을 앞으로 내밀었다.

야마다 선배는 더 목소리를 낮추고 말했다.

"이거, 괜찮은 일이라고 생각 안 해? 이름하여, 복수플래너."

"복수플래너?"

"그래. 왕따를 어떻게든 극복하는 계획을 이것저것 생각하는 거야. 복수 노트뿐이 아냐. 왕따에 대항하기 위해서는 각각의 방법이 있어. 왕따를 당하는 사람과 하는 사람, 각각의 성질이나 환경, 조건에 따라서 여러 가지 방법이 있다고 나는 생각해. 그 중에 하나로, '당신의 복수를 도와드립니다. 복수 계획을 함께 세워 보지 않으시겠습니까?' 라고 광고를 내는 거야. 복수 계획을 어떻게 세우고, 어떻게 실행할 것인지를 검토하는 거지. 물론, 법률을 위반하지 않는 한도 내에서 이것저것 해 보는 거야."

"잠복이라든가?"

"그래."

"탐문이라든가?"

"그렇지."

"미행도 있나요?"

"중요하지. 그 외에도 복수 노트를 쓰는 방법에 대해 조언해 준다든가, 같이 옆에 있어 준다든가, 마음속 이야기를 들어준다든가, 메뉴는 여러 가지 준비되어 있습니다, 이런 식으로 말이야. 물론 그걸 위해서는 법률 지식도 많이 필요하고, 메모를 정리하는 방법도 익혀야 하고, 착실하게 남의 이야기를 들을 줄도 알아야 하고, 이래저래 공부해야 할 건 한가득인데 그것도 그것대로 재미있어 보이지 않아?”

“야마다 선배, 왜 그런 걸 생각했어요?”

솔직하게 물어보았다. 야마다 선배의 말은 허황된 꿈 이야기로도, 단순한 농담으로도 들렸다. 그런데 가슴이 두근두근 뛰었다. 야마다 선배가 왜 복수플래너라는 황당무계한 것을 진지한 얼굴로 말하고 있는지, 왜 황당무계(라고밖에 생각이 안 된다)한 이야기에 유우야의 가슴이 뛰는지는 모르겠다. 모르겠지만, 왠지 두근거린다.

“재미있잖아.”

“재미있다니, 뭐가요?”

“사람들.”

야마다 선배가 딱 하고 손가락을 울렸다. 악기같이 깨끗한 소리가 났다.

“너도 나도 마노도 쿠리타니도 지금 이런 순간이 즐겁지 않아? 왕따를 당하고 왕따를 시키고, 사람에 대해서 그런 면만 생각하다니 시간이 아깝잖아.”

“그런가요……? 저는 아직 잘 모르겠는데…… 하지만 재미있겠네요.”

“사람이?”

“복수플래너가.”

다시 야마다 선배의 손가락이 울렸다.

"같이 할래?"

"할래요."

유우야보다 먼저 쇼지가 대답했다.

"야마다 선배. 저희도 끼워 주세요. 그치, 유우야?"

"응."

복수플래너.

재미있을지도 모른다. 그런 존재가 아무도 모르게 조용히, 학교 안에 있다고 한다면……. 말로 할 수 없을 만큼 가슴이 뛰었다.

재미있다. 재미있는 사람이다.

"야마다 선배."

"응?"

"야마다 선배는 어머님이 계신가요?"

"응? 무슨 소리야 갑자기."

"아뇨, 그냥 어떤가 해서요. 우리는 야마다 선배에 대해서 아무것도 모르니까요."

"흥미가 느껴져?"

"아주 많이요."

"그럼 천천히 가르쳐 줄게. 졸업할 때까지 아직 많이 남았잖아."

야마다 선배는 엄지손가락을 세우고 한쪽 눈을 감아 보였다.

멀리서 종달새가 지저귀는 소리가 들렸다.

서늘한 바람이 세 명을 부드럽게 감싸는 듯이 불었다.

흰 노트와 검은 노트를 펼친다.

복수 계획이 떠올랐던 것이다. 그것을 써넣는다. 계획이라기보다 내 머릿속의 이야기를 점점 써 나가는 듯한 느낌이 들었다.

하얀 노트에는 그 한 문장을 써넣자.

모두 여러 가지. 여러 가지를 알게 되면 그만큼……

"유우야~."

노크 소리가 들렸다. 마코가 문을 살짝 열고 들여다보면서 말했다.

"초콜릿 케이크, 먹을래?"

"아~, 으~응."

당황해서 노트를 덮으려고 하다가 손이 미끄러져 바닥에 떨어뜨리고 말았다. 당황해서 노트를 집어 들었다.

"어머…… 그건?"

"아냐, 아무것도 아니야. 아무것도 아니야."

마코가 크게 숨을 들이쉬는 소리가 들렸다.

그 표정을 본 순간, 머릿속에서 무언가 번뜩이며 지나갔다.

파란 노트, 바다색 표지의…….

노트를 펼치고, 짧은 머리의 여자아이가 열심히 무언가를 쓰고 있다. 유우야는 뒤에서 그것을 보고 있었다. 아주 어렸을 때였다. 천정이 하늘만큼 높아 보였을 정도로 어렸을 때다.

"누나, 그림 그려?"

여자 아이가 뒤를 돌아보고 고개를 흔든다.

"아니야. 복수 노트를 쓰고 있어."

그 목소리는 낮고 무거웠다.

울고 있었던 것 같았다. 평소에 제일 좋아했던 누나가 무서워 보여서 크게 울었던 기억이 난다. 생각났다. 그 노트 색이다.

그랬구나. 내가 무의식중에 그 노트와 같은 색을 골랐었구나. 기억 한구석에 남아 있던 색깔을 무의식적으로 골랐던 것이다. 왠지 이런 걸 보니 불가사의하다는 생각이 든다. 나 자신이, 인간이 불가사의하다.

유우야가 입을 떼기 전에, 마코가 중얼거렸다.

"유우, 이거 복수 노트……인 거야?"

"마코 누나, 알고 있었구나?"

그만 말이 튀어나오고 있었다. 이래서는 단칼에 긍정해 버린 꼴이다. 마코는 딱 세 번 눈을 깜박인 후, 남동생의 얼굴을 쳐다보았다.

“유우, 역시 학교에서……”

“괜찮아, 괜찮아. 이런저런 일이 있긴 했지만, 이제 괜찮아. 어떻게든 될 테니까.”

거짓말이 아니었다. 얼버무릴 셈도 아니었다. 정말, 어떻게든 될 것 같은 생각이 들었다.

“정말?”

“초콜릿 케이크에 걸고 맹세할 수 있어. 진짜야.”

“흐~응. 그렇게 여유가 있는 걸 보니 괜찮은 것 같기도 하고.”

“정말이라니까. 그것보다, 마코 누나. 혹시 마코 누나도…… 왕따 당했던 적이 있었어? 그래서 복수 노트를 썼다든가…….”

“아니.”

마코 누나는 고개를 옆으로 저으며 보기 드물게 굳은 표정으로 말했다.

“내가 아니라 하루 언니.”

“하루 누나가……?”

“그래. 하루 언니, 중학교 때 정말 심하게 왕따를 당했었어.

아마 중학교 2학년 때였지? 정말 죽고 싶다고 말할 정도로 심한 왕따였어……. 하루 언니가 나중에 가르쳐 줬어. 제일 괴로웠을 때 복수 노트를 가르쳐 준 사람이 있어서, 하루 언니는 매일같이 괴롭혔던 그 아이를 노트 속에서 뜰에 묻어 버리거나, 벼랑에서 밀쳐 버리거나 했다고. 하지만 그렇게 하고 있던 중에 점점 침착해질 수가 있었대. 상상이란 중요한 거라고 말했던 적이 있었어."

"하루 누나가 복수 노트를……."

"복수 노트를 가르쳐 준 사람에게 하루 언니가 조금 침착해졌다고 말을 하니까, 그 사람이 스스로 외톨이가 되지 않는 게 중요하다고 조언을 해 줘서, 하루 언니는 그 말에 엄청난 용기를 얻었대."

"혼자가 아니라는 건가. 확실히……. 앗, 맞아. 기다려 봐. 그 사람, 혹시……."

"알겠어?"

"놋치."

"그래. 놋치가 계속 하루 언니를 지켜 준 거야."

그랬구나. 놋치도 복수플래너였구나.

"유우, 혼자라고 생각하지 마. 그게 지지 않는 비결이야."

"응. 알아. 아주 잘 알아. 그러니까 이제 괜찮아."

난, 괜찮다.

유우야는 두 권의 노트 위에 손을 얹었다.

혼자가 아니야.

작게 속삭였다.

바람이 불었는지 창문이 소리를 내기 시작했다. 그것을 음악
처럼 느끼면서 유우야는 다시 한 번 천천히 속삭였다.

혼자가 아니야.

복수플래너 양성 강좌

일러두기_ 이 부분은 저자인 아사노 아츠코가 직접 작성한 내용으로 일본 실정에 맞게 되어 있습니다.

복수플래너가 되세요

여러분. 안녕하세요, 아사노입니다.

세 명의 이야기, 어떠셨습니까? 여러분들이 조금이라도 복수플래너라는 존재에 흥미를 느꼈다면 좋겠습니다만.

네? 복수플래너라니, 단지 이 이야기 속에서만 나오는 것이고, 현실에 있을 리가 없다구요? 과연. 당신은 그렇게 생각하는군요.

후후후후. 생각이 짧군요. 이 세상에는 '현실에 있을 리가 없는' 존재가 사실은 잔뜩 있습니다. 게다가 당신 바로 주위에 있답니다.

뭐, 없다고 합시다. 그러면 있게 만들면 되지요. 당신의 힘으로 탄생시키면 되는 겁니다.

네? 무슨 말이냐구요? 후후후후후. 자~알 생각해 보세요. 자~알. 그래요, 그렇습니다. 당신 자신이 복수플래너가 되면 됩니다. 간단하지요?

"복수플래너? 뭐야 그게? 그런 게 있을 리가 없잖아?" 하고 딱 잘라 말하기보다, "실은 나…… 복수플래너야. 그러니까 힘이 돼 줄게."라고 누군가의 귓가에 속삭이는 편이 훨씬 멋지고 마음 설렌다고 생각하지 않으세요?

여러분이 하루의 대부분을 보내고 있는 학교라는 장소에 선생님뿐 아니라 거의 아무도 모르는, 그러나 한번 보면 절대로 잊을 수 없는 불가사의한 존재가 있다고 칩시다. 그게 바로 당신인 겁니다.

그런고로 지금부터 여러분들이 복수플래너가 되기 위한 강좌를 시작하겠습니다. 흥미가 있으신 분은 꼭 읽어 주세요. 단, 복수플래너 자격 취득을 위한 시험은 없습니다. 경험도 물론 상관없습니다. 단, 상상력과 인내심은 있는 편이 좋겠지요.

아, 그리고 무엇보다 진심에서 우러나오는 친절함이 중요합니다. 강하지 않아도 상관없지만, 친절하지 않으면 복수플래너는 될 수 없어요. 기억해 두세요.

지금부터 복수플래너가 꼭 지녀야 할 소도구와 탐정 테크닉,

알고 있어야 할 법률 지식을 여러분께 설명해 드리도록 하겠습
니다.

자, 그럼 시작해 볼까요?

복수 노트 카탈로그

왕따를 당해서 복수 노트를 만들어야만 하는 당신. 그렇다면 우선 유우야와 쇼지처럼 노트를 고르는 것부터 시작해 봅시다. 노트에도 종류는 여러 가지가 있습니다. 작품 중에 나왔던 링노트나 대학 노트 이외에도 당신의 입장이나 상황, 계획에 따라 그에 적합한 노트를 고른다면 보다 좋은 아이디어가 떠오를지도 모릅니다.

♠ 링노트

논리 정연한 계획을 세우고 싶다

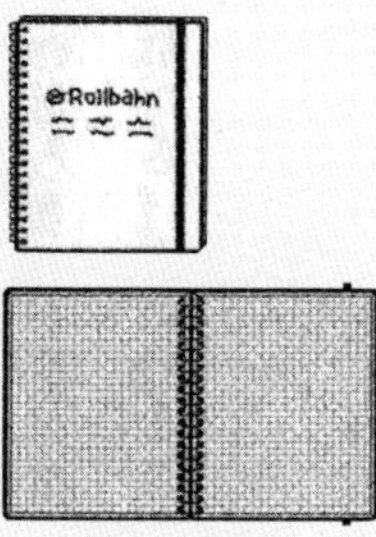

딱딱한 재질의 표지라 휴대하기 편하고 밖에서 사용하기도 쉽다. 색깔별로 여러 종류가 나와 있으니 복수할 사람별, 계획별 등으로 나누어 사용하는 것도 가능. 필요 없는 부분을 찢어 버리기도 쉬우므로 매우 편리하다. (*유우야가 사용하는 노트)

♠ 대학 노트

남들이 눈치 채지 못하게 가지고 다니고 싶다

공부할 때 쓰는 노트와 같은 종류로 준비한다면 누구에게도 의심받지 않고 학교, 기숙사 등에서 가지고 다닐 수 있다. 수업 중에 몰래 써도 선생님이나 친구들이 쉽게 눈치 채지 못한다는 것이 장점. 숙제용 노트와 혼동해서 선생님께 제출하지만 않으면 안심. (*쇼지가 사용하는 노트)

♠ 제본 노트

소설을 쓰는 것처럼 계획을 써 내려 가고 싶다

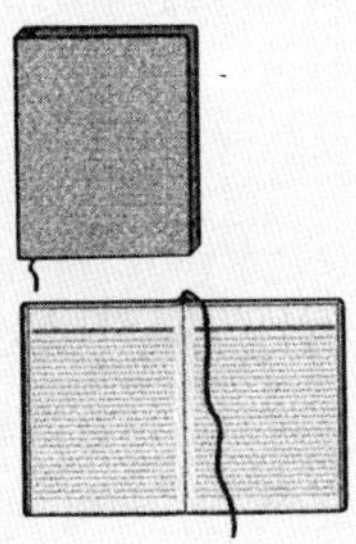

얼핏 봐서는 책으로 보이지만, 안쪽은 새하얀 백지로 가득 차 있다. 쓰고 있을 때, 한 권의 소설을 쓰는 것 같은 기분을 맛볼 수 있다. 상상력이 풍부한, 스토리성이 강한 복수 계획을 세우는 데는 이 노트가 적합하다.

♠ 바인더 파일

무조건 많은 계획을 세우고 싶다

계획을 생각하자마다 종이에 갈겨쓴다. 마음에 든 아
이디어가 있으면 바인더 파일에 끼워 두고 보관해 두
는 것이 가능. 아이디어가 늘어날수록 페이지를 늘릴
수 있어, 많은 아이디어를 정리해서 한 곳에 보관할
수 있다.

♠ 포스트잇

생각의 단편들을 두고두고 음미하고 싶다

뒤에 접착제가 발라진 메모장. 갑자기 생각난 아이
디어를 갈겨쓰고, 눈에 띄는 곳에 붙여 둘 수가 있
다. 무슨 일이 있을 때마다 일단 포스트잇에 쓰고
생각이 정리된 후에 노트에 쓰는 과정을 되풀이한
다면 깊이 있는 아이디어를 낼 수 있다.

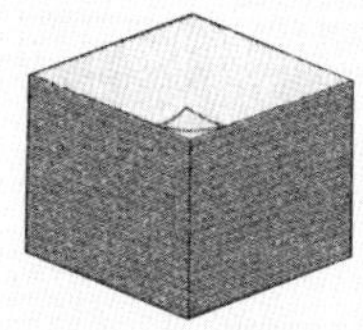

♠ 메모장

집에서도 밖에서도 항상 가지고 다니고 싶다

주머니에 언제라도 숨겨 둘 수 있는 간편함이 장점.
연필이나 펜을 세트로 끼우고 다닐 수 있는 제품이라
면 더 좋다. 많은 양을 쓰는 것은 불가능하지만, 가방
을 가지고 있지 않을 때나 집 안에서도 휴대할 때 편
하다. 휴대폰의 메모 기능을 사용해도 상관없다.

♠ 스케치북

일러스트나 그림을 넣어서 표현하고 싶다

지도나 여러 가지 장치의 설계도 등을 그려서 표현하고 싶은 사람에게 추천하고 싶다. 다른 사람과 함께 복수 계획을 실행하고 싶은 경우 상대에게 설명하기 쉽다는 장점이 있다. 문장보다 그림으로 표현하는 것이 더 자신 있는 사람에게도 추천.

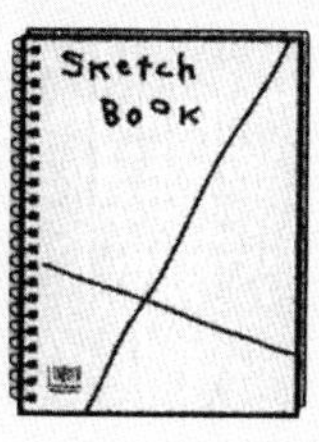

♠ 리포트 용지

기획서로 정리하고 싶다

조건별로 정리하기 쉬운 노트. 여러 명이 계획을 진행할 경우, 각자 아이디어를 나열하고 모두가 검토하는 데 편리. 한 장씩 깨끗하게 뜯어지므로, 마지막으로 완성된 계획을 그대로 복사해서 모두와 함께 공유할 수 있다.

♠ 자물쇠 일기장

절대 비밀을 지키고 싶다

비밀을 지키는 것이 제일 중요하다고 생각하는 사람에게는 자물쇠가 달린 노트를 추천한다. 일기장 중에는 자물쇠가 붙어 있는 것이 잔뜩 있다. 단지, 자물쇠가 붙은 노트는 부모님이 보시면 걱정하기 쉬우므로 보관 장소에 신경 써야 한다.

♠ 다이어리

시간이 걸리는 계획을 실행하고 싶다

매일 차근차근 진행해야 이루어지는 장대한 복수를
계획한다면, 스케줄 다이어리를 쓰면 좋다. 오늘 무
슨 일을 할 것인가에 대한 기록과 함께 무엇을 이
루었는가에 대한 실적도 써넣으면, 복수가 진행되
는 사항을 관리하기 쉽다. 치밀하고 꼼꼼한 성격을
가진 사람에게 추천.

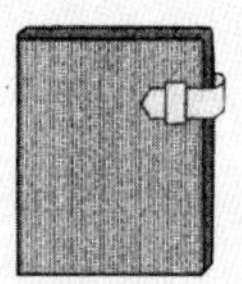

탐정이 필수로 지녀야 할
일곱 가지 도구

복수를 하기 위해서는 우선 상대에 대해 잘 알아야 할 필요가 있다고 깨달은 유우야와 쇼지는 탐정처럼 조사를 하기로 결정합니다.

몰래 상대를 조사할 때 가방 안에 챙겨 놓으면 도움이 되는, 실제 탐정도 언제나 가지고 다닌다는 일곱 가지 도구를 소개하기로 하지요.

♠ 녹음기

상대의 대화를 녹음하거나, 혹은 번뜩 떠오른 아이디어를 메모지에 적는 대신 녹음할 수도 있는 도구. 상대의 실수로 흘러나온 말이나 주변 사람들의 중요한 발언을 몰래 녹음해 두고 확실한 증거로 쓸 때에는 꼭 도움이 될 것이다.

♠ 자전거

조사할 때는 미행하는 것도 때로 필요하다. 조사 대상이 어디로 향할지 알 수 없는 경우가 종종 있다. 그래서 어디나 빠르게 움직일 수 있는 이동 수단(본인의 다리 이외)을 가지고 있는 편이 유리하다. 진짜 탐정은 자동차를 사용하여 이동하지만, 십대들은 자전거로 이동하면 눈에 띄지 않고 재빨리 이동할 수 있다.

♠ 쌍안경

멀리 있는 것을 보는 데에 도움이 된다. 좀처럼 가까이 접근하지 못할 장소, 즉 조사 대상의 교실이나 동아리방을 눈에 띄지 않게 살펴보기 위해 필요하다. 들키지 않을 가능성을 조금이라도 높이기 위해 되도록 고배율로 준비한다.

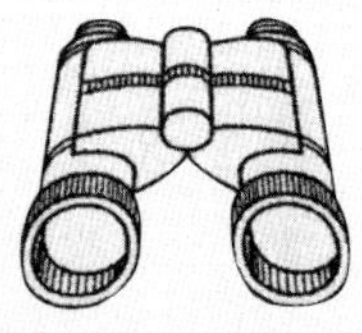

♠ 카메라

내가 왕따를 당하고 있는 장면을 증거로 보관하기 위해 촬영하거나, 상대가 숨기고 싶은 비밀을 촬영할 때 등에 필요하다. 결정적으로 꼬리를 잡거나 약점을 잡을 때 제일 도움이 되는 도구. 되도록 플래시가 없고 선명하게 찍히는 제품으로 선택하는 편이 들키지 않는다.

♠ 손목시계

몇 시에 상대가 무엇을 했는지 적어 두는 것도 중요한 포인트. 너무 긴 시간 같은 장소를 얼쩡거리는 것도 의심을 살 수 있으니 '앞으로 한 시간'이라고 스스로 한계를 정해 놓는 데도 좋다. 알람이 장착된 제품은 상대에게 들킬 염려가 있으므로 피하는 것이 좋다.

♠ 변장 도구

탐정의 기본 중의 기본인 변장. 상대에게 들키지 않도록 안경이나 가발로 원래의 모습을 숨기는 것을 말하지만, 신용을 얻기 위해서나 조사를 더 부드럽게 진행하기 위해 신분을 속이는 것도 변장의 일종. 작품 중에서는 '신문부 완장'이 이것에 해당한다.

♠ 손전등

미행이나 조사를 낮에만 한다고는 할 수 없다.
저녁까지 조사를 계속해야 하는 사태가 발생할
경우, 손전등이 있으면 편리하다. 상대가 무엇을
하고 있는지 알아보기에도 편리하고, 노트를 쓸
때 주변을 밝히는 데도 쓸 수 있다.

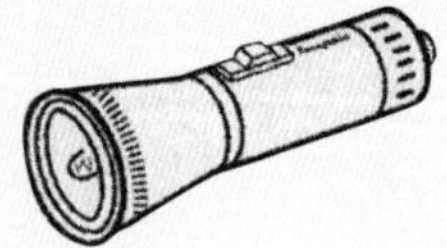

탐정 테크닉

이것은 꽤나 고도의 기술이 요구됩니다. 약간 어려운 면도 있지만 상대의 정보는 많으면 많을수록 그것보다 더 좋은 일이 없지요. 사람에 대한 정보는 인터넷에서 찾아볼 수 없는 정보니까요. 게다가 상대의 생각지도 못한 면이 보이기도 해서 놀랄 일도, 재미있는 일도 많습니다.

① 미행 – 상대의 뒤를 밟아 감시하고, 눈치 채이지 않게 증거나 정보를 수집하는 것을 말함.

상대의 약점을 알기 위해서는 미행하면서 행동을 관찰하는 것이 최고. 하지만 미행하는 것을 들킨다면 그걸로 끝입니다. 들키지 않게 미행하기 위해서는 준비가 필수죠.

우선은 타깃의 행동 패턴을 잘 조사해 봅니다. 예를 들어 타깃의 통학로를 알고 있다면 미행하다 놓쳐도 먼저 그쪽으로 가서 따라잡을 수 있습니다. 그리고 변장을 하거나 얼굴이 알려져 있지 않은 사람에게 부탁하면 들킬 확률을 줄일 수 있습니다.

또 미행 중에는 되도록 타깃에게 너무 가까이 가지 않도록 거리를 유지하는 것이 중요합니다. 타깃이 갑자기 가게 같은 곳에 들어가 버린 경우, 함께 가게 안으로 들어가는 것은 절대 금지.

전철 안에서도 너무 떨어져 있으면 놓치기 쉽지만, 되도록 자기 얼굴이 보이지 않도록 창 측을 향해 서 있으면서 창에 비친 타깃을 감시하는 등 여러 가지 방법을 생각해 봅시다.

② 잠복 — 어떤 장소에 대기하면서 지켜보는 것.

잠복은 미행과 같이 타깃의 행동을 조사하기 위해서 움직임을 기다리는 잠복과, 타깃이 나타나기를 기다리는 잠복이 있습니다.

장시간 같은 장소에 있는 것이 위험한 이유는 주위 사람의 의심을 사기 쉽다는 것입니다. 변장 같은 것을 해서 주위의 관심을 피합시다. 얼굴을 바꾸는 것 이외에도 조깅을 하는 척하면서 주위를 도는 방법이라든지, 여러 가지 방법을 생각해 봅시다.

③ 변장 – 다른 사람으로 보이기 위해 풍모나 복장 등을 바꾸는 일. 또는 그 바꾼 모습.

타깃에게 눈치 채이지 않기 위한 적당한 변장은 효과가 있습니다. 안경, 모자, 선글라스 등이 제일 손쉬운 방법이지만, 다른 학교의 교복을 입거나 다른 사람과 사복을 바꿔 입는 등의 변장도 있습니다. 운동 중인 운동부 멤버들 사이에 섞여든다든지 하는 것도 변장의 일종입니다. 상대나 경우에 따라, 눈치 채이기 어려운 모습을 연구하는 것이 중요한 포인트입니다.

잠깐! 법률 상식

상대의 폭력이나 악의에 대항하는 것이라지만 법률에 저촉되는 행위는 엄금입니다. 여기서는 조사를 하면서 저지르기 쉽지만 법률을 위반하는 행위는 어떤 것인지를 극히 일부만 소개하도록 하겠습니다.

① 사유지 침입

'정당한 이유 없이 남의 주거나 남이 지키고 돌보는 저택, 건물이나 선박 또는 접유하는 방에 침입한 죄. 또는 요청을 받았는데도 불구 이들 장소에서 퇴거하지 않은 사람은 3년 이하의 징역 또

는 10만 엔 이하의 벌금에 처한다.'

- 주거 침입죄

정당한 이유 없이 마음대로 타인의 사유지에 들어가는 것은 금지되어 있습니다. 맨션이나 아파트단지 등 언뜻 봐서 개방되어 있는 것처럼 보이는 장소라도 죄가 성립될 수 있습니다.

② 우편함에서 편지를 훔친다

'타인의 재물을 강제로 취한 자는 절도죄가 적용되며, 10년 이하의 징역에 처한다.'

- 절도죄

법률에서는 우편물도 '재물' 즉 타인의 소유물로 봅니다. 목표 대상의 집에 살고 있는 사람의 이름을 확인하기 위해 우편함의 편지에 손을 대는 것은 물론 있어서는 안 되는 일입니다. 만약 정말로 필요할 때에는 문패 등으로 확인하는 등의 다른 방법을 생각해 봅시다.

③ 편지를 마음대로 개봉한다

'정당한 이유가 없는데 봉해진 문서를 연 사람은 1년 이하의 징역 혹은 20만 엔 이하의 벌금에 처한다'

— 문서 개봉죄

정당한 이유 없이 마음대로 다른 사람 앞으로 온 편지를 뜯는 것은 금지되어 있습니다. 유익한 정보가 써 있을 것 같은 편지를 열고 싶은 유혹에 절대 당하면 안 됩니다. 교실에 돌려지는 메모 같은 편지도 뜯어봐서는 안 됩니다. 단지 친권이 있는 사람, 즉 부모나 형제자매 등이 당신의 편지를 개봉했을 경우에는 책임을 묻지 않을 수 있습니다.

④ 싫어하는 사람을 계속 따라다닌다

'타인의 진로를 막거나 혹은 그 신변에 무리지어 물러나려 하지 않거나 하여 불안감 혹은 의혹감을 불러일으키려는 방법으로 타인을 괴롭힌 자…… 정황으로 판단하였을 때 그 형을 면책하거나 구류 혹은 과태료로 대체할 수 있다.'

— 경범죄법

그냥 미행하는 것이라면 몰라도 대상에게 폐를 끼치며 들러 붙는 행위는 금지되어 있습니다. 같은 행위라도 연애 감정이 얽힌 행위에는 스토커 규제법이 적용됩니다.

⑤ E-Mail을 보기 위해 몰래 로그인했을 경우

'액세스 제어기능을 가진 특정전자계산기에 전기통신 회선을 통해 그 액세스 제어기능을 총괄하는 타인의 식별부호를 입력하여 특정전자계산기를 작동시켜, 액세스 제어기능에 의해 제한되어 있는 특정 이용을 할 수 있는 상태로 만드는 행위…… 1년 이하의 징역 혹은 50만 엔 이하의 벌금에 처함'

– 부정 액세스 금지법

ID와 패스워드를 필요로 하는 인터넷 사이트에 몰래 로그인하여 서비스를 받을 수 있는 상태로 만드는 행위는 금지되어 있습니다. 설령 학교 공용 컴퓨터에 데이터가 남아 있다 해도 그것을 사용해서는 안 됩니다. 로그인하여 뭔가 부정행위를 하지 않더라도 로그인을 한 사실만으로도 죄가 될 수 있다는 것에 주의합시다.

맺음말

여러분, 안녕하세요. 아사노입니다. (아, 인사는 전에 했지요?)

우선은 읽어 주셔서 감사합니다. (에, 설마 맺음말부터 읽고 있는 건 아니죠?)

이번에는 왕따 사건에 말려들게 된 한 명의 중학생이 어떻게 그 구덩이에서 탈출하는지를 이야기 형식으로 여러분께 보여 드리고 싶어서 작품을 썼습니다. 하지만 어느 순간부터인가 유우야와 쇼지, 그리고 야마다 선배, 이 세 명과 함께 상담하거나, 같이 고민하거나, 작전을 짜거나, 주변을 살펴보게 되는 저 자신을 발견했습니다. 그래요, 이 팀은 트리오가 아니라 카르테, 즉 4인조가 된 것이죠. 유우야, 쇼지, 야마다 선배, 그리고 저

혹은 당신입니다.

왕따를 없앤다는 것은 어려운 일입니다. 하지만 적어도 다른 사람을 왕따 시키는 사람이 되지 않는 것, 누군가를 괴롭히고 왕따 시키는 일을 못 본 척 지나치는 방관자가 되지 않는 것, 그것은 가능하지 않을까요?

당신도 복수플래너가 되어 주세요.

그럼, 그런 걸로 하고(어떤 걸로?) 야마다 선배의 지적에 따라 왕따의 당사자가 되었을 때의 마음가짐을 다시 정리해 보도록 하지요.

포인트① 냉정해진다.

냉정 침착 = 머리를 식히고 생각하는 것.

"냉정해지지 않으면 보이지 않는 것도 있어."

그렇다 해도 자기가 왕따를 받는 입장이 되면 냉정을 유지하는 것은 힘들지요. 하지만 안절부절못하고 침울해져 있어도 해결되지 않습니다. 우선은 지금이 어떤 상황인지, 도망칠 길은 없는지, 상담할 사람은 없는지 등을 차분히 생각해 봅시다. 생각할 수 있다는 것은 아직 여력이 있다는 것입니다. '응, 아직 괜찮아' 하는 신호이기도 합니다.

포인트② 무리하지 않는다

참고, 참고, 또 참고…… 그러지 말고 잽싸게 도망갑시다. 여력이 있는 동안에 달아나는 겁니다. 잠깐 학교를 쉰다고 해도, 방에 잠깐 틀어박혀 있는다 해도 아무 상관 없습니다. 상대의 공격에서 도망쳐 휴식을 취하고, 힘을 비축하는 겁니다. 가족들은 걱정하겠지만, 이때가 모든 것을 털어놓을 기회가 되기도 합니다.

포인트③ 무시한다

그냥 장난치기 위해서 괴롭히는 것이라면, 반응하지 않으면 됩니다. 반응이 없으면 재미가 없어 더 이상 괴롭히지 않을 수도 있습니다. 물론 이 방법을 아주 낙천적으로만 볼 수 없지만 너무 비관적은 되지 않도록 하세요.

아무튼 자신을 몰아세우지 않는 게 중요합니다. 여러분, 여러분 주변에는 무수한 길이 있습니다. 어느 길로 나갈 수도 있고, 도망칠 수도 있습니다. 결코 막다른 길이나 골목길이 아닙니다. 여러분의 내일은 넓은 세계로 이어져 있습니다. 그것을 잊지 말아 주세요.

복수할 때가 왔다

펴낸날	초판 1쇄 2009년 2월 2일
	초판 4쇄 2013년 11월 27일
지은이	아사노 아츠코
옮긴이	박지현
펴낸이	심만수
펴낸곳	(주)살림출판사
출판등록	1989년 11월 1일 제9-210호
주소	경기도 파주시 문발동 522-1
전화	031-955-1350 팩스 031-624-1356
기획 · 편집	031-955-1367
홈페이지	http://www.sallimbooks.com
이메일	book@sallimbooks.com

ISBN   978-89-522-1074-6   43840

※ 값은 뒤표지에 있습니다.
※ 잘못 만들어진 책은 구입하신 서점에서 바꾸어 드립니다.

책임편집 · 교정 **배주영**